Windspiel Verlag Scharbeutz   www.windspiel-verlag.de

Strandkorb-geschichten

SYLT

Hrsg. Sina Beerwald

Impressum

© 2013 Windspiel Verlag, Scharbeutz
www.windspiel-verlag.de
Alle Rechte vorbehalten

Lektorat/Korrektorat
Birgit Rentz, Itzehoe

Künstlerische Gestaltung Umschlag
x-act-werbung, Scharbeutz/Klingberg

Satz und Technik
Martin Kreber, Scharbeutz

Druck
AALEXX Buchproduktion GmbH, Großburgwedel

ISBN 978-3-944399-00-3

INHALT

Vorwort

Was kommt Ihnen als Erstes in den Sinn, wenn Sie an Sylt denken?

Die Insel der Schönen und Reichen, einsame Spaziergänge entlang des Wattenmeers, die Überfahrt auf dem Hindenburgdamm, Fischtempel und freche Möwen, Bausünden und sündhaft teure Immobilienpreise, Leuchttürme und Reetdachhäuser – und ganz gleich, welche Assoziationen Sie haben, Sie wollen am liebsten sofort zurück nach Westerland?

Urlauber und Insulaner haben sich an der bundesweiten Ausschreibung des 1. Sylter Kurzgeschichtenpreises beteiligt und die Jury wählte aus den 203 zunächst anonymisierten Beiträgen die besten 25 Kurzgeschichten für diese Anthologie aus und und kürte die drei Preisträger.

So vielseitig wie die Insel, so vielseitig sind auch die Kurzgeschichten. Sehnsuchtsvoll, mystisch und mitreißend, tragisch und nachdenklich machend, heiter und kriminell – aber zu einem Ergebnis kommen alle: Sylt ist anders. Sylt ist Sehnsucht. Und aus jeder Geschichte in diesem Buch spricht die Liebe zur Insel.

Wenn Sie bei der Lektüre dieses Buches nicht im Strandkorb sitzen können, dann strecken Sie jetzt gedanklich Ihre Zehen im Sand aus, atmen Sie die salzige Luft ein, horchen Sie auf das Rauschen des Meeres und gönnen Sie sich eine Auszeit auf der Insel Sylt.

Ihre Sina Beerwald

Ein Andenken aus Eidum

Andrea Tillmanns

Sie hätte heulen können. Was um alles in der Welt hatte sie sich nur dabei gedacht, diese Mutprobe mitzumachen? Jana blieb stehen, atmete tief durch und sah sich um. Die Batterien der Taschenlampe waren längst leer. Der tiefschwarze Himmel bot keine Orientierung. Am liebsten hätte sie sich einfach zu Boden fallen lassen und bis zum Morgen gewartet. Doch bis dahin wäre das Meer längst ins Watt zurückgekehrt.

Einen Moment lang glaubte sie, eine Stimme zu hören. „Mel? Chantal?", rief sie und erschrak, wie dumpf ihre Stimme klang.

Für eine Weile schien auch die Nordsee den Atem anzuhalten und zu lauschen, ehe sie wieder leise gluckste. Jana schüttelte den Kopf. Es war sinnlos. Niemals hätte sie sich darauf einlassen dürfen. Es hatte so einfach geklungen, im hellen Sonnenschein im Hof der Jugendherberge: „Du musst nur irgendetwas aus Eidum holen, das das Wappen des Dorfes trägt", hatte Melanie gesagt.

„Dann gehörst du zu unserer Clique", hatte Chantal ergänzt und ihren kirschroten Mund in einem Handspiegel kontrolliert. „Es ist ganz einfach – der Ort liegt etwa anderthalb Kilometer südwestlich von uns. Es gibt eine Abkürzung, du gehst einfach durchs Watt, dann bist du schnell dort und wieder zurück. Du kannst den Ort gar nicht verfehlen."

Doch hier war nichts, nur das Watt, in das bald schon wieder das Meer zurückkehren würde. Jana hatte sich gründlich verlaufen. Wie hatte sie sich auch nur auf diese

Beschreibung verlassen können, ohne einen einzigen Blick auf die Karte zu werfen?

„Nie wieder", schwor sie sich, während sie langsam und vorsichtig weiterging. Besser morgens mit angetrocknetem Rasierschaum im Gesicht aufwachen und die Turnschuhe in der Krone der Bäume gegenüber der Jugendherberge wiederfinden, als bei einer so bescheuerten Aktion ertrinken.

Es schien Stunden zu dauern, bis sie in der Ferne einen schwachen Lichtschein sah. Vielleicht ein beleuchtetes Ortseingangsschild? Möglicherweise auch nur ein heruntergekommener Gasthof, Hauptsache, sie fand den Weg aus dem Watt heraus. Wenn sie Glück hatte, war dort auch eine asphaltierte, beleuchtete Straße, über die sie sicher nach Westerland zurückkehren konnte. Vielleicht gab es ja sogar Servietten oder Bierdeckel mit dem Wappen des Dorfes, falls dort wirklich Eidum lag ... Jana spürte, wie ihre Hoffnung auf einen guten Ausgang dieses Abenteuers zurückkehrte.

Das Licht schien langsam näherzukommen. Hatte jemand ihre Rufe gehört und suchte nun nach ihr? Vielleicht jemand aus Eidum? Oder einer der Betreuer der Jugendgruppe? Aber selbst das erschien ihr besser, als die Nacht hier draußen verbringen zu müssen.

„Hallo, hört mich jemand?", rief sie.

Vorsichtig ging sie weiter. Der Lichtschein schien inzwischen größer geworden zu sein und noch stärker zu schwanken, wie eine Laterne, die der Wind hin- und herschaukelte. Jana musste sich daran erinnern, nicht zu schnell zu gehen; hier im Watt konnte sie sich keine Unachtsamkeit erlauben, auch wenn sie am liebsten geradewegs auf das weiche, flackernde Licht zugelaufen wäre. Endlich konnte sie erkennen, dass dort vorne tatsächlich eine Laterne von jemandem getragen wurde.

„Hallo, hier bin ich!", rief Jana in der plötzlichen Angst, dieser Mensch könne ihr im letzten Moment ausweichen.

„Warte, der Weg ist hier sehr tückisch – ich komme dich holen!", antwortete eine helle Jungenstimme.

Jana seufzte erleichtert. Wenn sie ehrlich war, hatte sie insgeheim noch immer mit dem Schlimmsten gerechnet – angefangen von einem ihrer Betreuer bis hin zu finsteren Gestalten, die vermutlich wenig Interesse daran hätten, sie zu retten. Aber nun wich endlich die Anspannung von ihr. Der Junge hatte eine sympathische Stimme – er würde sie sicher nach Eidum oder auch zurück nach Westerland bringen.

„Einen Moment noch", hörte sie wieder seine Stimme, dann stand er vor ihr.

„Hallo, ich bin Kuno", stellte er sich vor und hielt die Laterne so, dass Jana ihn genauer sehen konnte. Dunkelblonde, zerzauste Locken umrandeten ein schmales, junges Gesicht. Seine Kleidung wirkte grob und unmodern.

„Mensch, du glaubst nicht, wie froh ich bin, dich zu sehen", platzte sie heraus. „Meine Lampe funktioniert nicht mehr und ich habe mich völlig verlaufen. Ach ja, und ich heiße Jana."

„Wohin möchtest du denn?", fragte Kuno.

„Eigentlich wollte ich nach Eidum", antwortete sie, „aber es würde mir auch schon genügen, wenn ich in unsere Jugendherberge ‚Dikjen Deel' zurückkäme."

Kuno wirkte irritiert, als er sie ansah. „Nach Eidum ist es nicht weit, dort wohne ich – den anderen Ort kenne ich leider nicht."

„Eidum ist absolut okay", versicherte Jana. Wie konnte dieser Kuno die Jugendherberge nicht kennen, die gleich neben seinem Dorf lag? Kam er so selten aus Eidum raus?

„Gib mir am besten deine Hand, dann kann dir nichts geschehen", schlug Kuno vor.

Seine Hand schloss sich trotz der kühlen Nacht warm um Janas Finger, als sie langsam in Richtung Eidum gingen. Schließlich hob er die Laterne. „Dort wird der Weg etwas schmaler, bleib nun dicht bei mir."

„Okay", nickte Jana.

Ihr rechter Arm drückte sich immer wieder gegen Kunos Arm, der sich auch durch den Stoff der Jeansjacke tröstlich warm anfühlte. Weiter vorne glaubte sie schon die ersten Lichter zu sehen — offenbar war sie tatsächlich auf dem richtigen Weg nach Eidum gewesen.

Fast bedauerte es Jana, als sie tatsächlich nach etwa zehn Minuten festen Boden und die ersten kleinen Häuser erreichten. Der flackernde Schein der Laterne und ihr Begleiter, der ihre Hand noch immer festhielt, hatten dem Watt den Schrecken genommen. Doch nun, als sie das Dorf betraten, ließ sie sich gerne von dem milden Licht, das aus Fenstern und Türritzen drang, einhüllen. Im nächsten Moment meinte sie Lachen und Gesang zu hören, die plötzlich einsetzten und doch so klangen, als ertönten sie schon seit langer Zeit.

„Feiert ihr ein Fest?", erkundigte sie sich.

„Oh, ja, das tun wir immer am heutigen Tag", antwortete Kuno und wirkte einen Moment lang unangenehm berührt. Dabei hatte Jana überhaupt nichts gegen Dorffeste einzuwenden — sie kam selbst aus einem kleinen Ort, wo regelmäßig Scheunenfeste und ähnliche Feiern stattfanden.

„Möchtest du ...", er zögerte, „vielleicht mit mir dort hingehen?"

Kunos Stimme klang so belegt, dass Jana sich sicher war, dass seine Wangen in diesem Moment knallrot waren.

Sie sah bewusst nach vorne. „Gerne, nur ... es ist schon

spät, und eigentlich müsste ich nach Hause ..."

Sie hielt ihre Armbanduhr näher an die Laterne. „Es ist fast elf", stellte sie erschrocken fest. Sie war schon länger als eine Stunde unterwegs – hoffentlich wurde sie noch nicht vermisst!

„Nur ein Tanz", sagte Kuno, ohne Jana direkt anzusehen. „Dann bringe ich dich nach Hause, ja?"

Jana wurde wieder die Wärme seiner Hand bewusst. Ein Tanz dauerte nicht lange. Und sie wusste ja nicht, ob Kuno morgen Zeit für sie hatte – vielleicht würden sie sich überhaupt nicht mehr treffen in der Woche, die Jana noch hier war.

„Nur ein Tanz", wiederholte sie und spürte im gleichen Moment, wie sie sich entspannte. Das war bestimmt die richtige Entscheidung.

Es dauerte nicht lange, bis sie einen großen Platz erreichten, auf dem Dutzende Menschen lachten und tanzten und tranken. Kuno stellte die Laterne neben einem langen Tisch ab, nickte einigen Dorfbewohnern zu und führte Jana zur Tanzfläche. Die Musikanten, einige ältere Männer mit Geigen, einer Trommel und anderen Instrumenten, deren Namen Jana nicht kannte, nickten ihnen wohlwollend zu und begannen im nächsten Augenblick ein neues Lied. Jana beobachtete kurz die anderen Tänzer, dann verstand sie die Schritte.

„Okay, dann wollen wir mal", sagte sie und lächelte Kuno an, der schon wieder rot wurde.

Doch als sie zu tanzen begonnen hatten, änderte sich das schnell. Der Rhythmus der Musik pochte in Janas ganzem Körper, zuckte durch ihre Beine, ließ sie sich drehen und springen und aufstampfen. Auch Kunos Gesicht wurde immer entspannter. Seine Wangen waren nun leicht gerötet von dem schweißtreibenden Tanz und sein Lächeln ließ Jana alles andere vergessen. Erst als die Musiker nach einem letzten Crescendo verstummten, fand Jana langsam wieder zurück in die Wirklichkeit. Kunos Lächeln war so dicht vor ihr, dass sie einen Augenblick dachte, wie einfach es wäre, ihn zu küssen, ehe sie vor dieser Idee erschrak und rasch einen halben Schritt zurücktrat.

„Sollen wir uns setzen?", schlug Kuno vor.

Als Jana stumm nickte, führte er sie zu einer Bank am Rande des Dorfplatzes. Das herbe Bier, das plötzlich in einem tönernen Krug vor ihr stand und von dem sie rasch einen Schluck nahm, um das Schweigen zu überbrücken, wärmte ihre Kehle. So könnte es immer sein, dachte sie. Wenn diese Zicken wüssten, was für eine schöne Nacht sie mir beschert haben ...

Sie warf einen Blick auf die Uhr und erschrak. Viertel vor zwölf – hatten sie so lange getanzt?

„Wie spät ist es?", fragte Kuno, als er ihren Blick bemerkte. Interessiert schaute er auf ihre Armbanduhr. „Haben wir schon Mitternacht?"

„Noch fünfzehn Minuten", antwortete Jana bedrückt.

Kuno sprang entschlossen auf. „Komm, lass uns ein wenig spazieren gehen", schlug er hastig vor. „Ich kenne da einen schönen ruhigen Platz", fügte er hinzu.

„Okay", nickte Jana, auch wenn sie nicht sicher war, ob das wirklich okay war. Weshalb wollte Kuno mit ihr allein sein? Wenn er sie küssen wollte, konnte er das doch auch hier tun.

Das ungewohnte Bier und die Musik, die jetzt ruhiger geworden war, tanzten durch ihren Kopf. Ohne weiter darüber nachzudenken, stand sie auf und folgte Kuno, fort von der Straße, über die sie zum Dorfplatz gelangt waren. Schon nach wenigen Schritten nahm er wieder ihre Hand, obwohl sie nun den Weg eigentlich gut erkennen konnte, doch er schien wohl zu spüren, dass er diese Ausrede nicht mehr brauchte.

Kuno schien es jetzt sehr eilig zu haben, er ging immer schneller. Erst als sie die letzten Häuser hinter sich gelassen hatten und die fröhlichen Geräusche hinter ihnen so plötzlich verstummten, wie sie beim Betreten des Dorfes begonnen hatten, wurde er ein wenig langsamer.

„Wie viel Zeit haben wir noch?", fragte er. Seine Stimme klang noch immer angespannt.

„Noch zehn Minuten", antwortete Jana. „Weshalb ist das wichtig?"

Er zündete die Laterne an, die er wieder mitgenommen hatte. „Komm, dort vorne können wir uns auf einen umgestürzten Baumstamm setzen. Dann erzähle ich dir etwas über mich."

Jana musterte ihn irritiert. Das klang nicht wirklich romantisch. Hatte sie sich eben, beim Tanzen, etwa nur eingebildet, dass sie perfekt zueinanderpassten? Und hatte es überhaupt nichts zu bedeuten, dass er noch immer ihre Hand hielt?

Dicht nebeneinander setzten sie auf den Baumstumpf. Im flackernden Licht der Laterne, die Kuno auf den Boden gestellt hatte, wirkte sein Gesicht merkwürdig traurig.

„Ich hätte mir gewünscht, dass du hiergeblieben wärst, und habe darüber fast vergessen, dass du nicht hierher gehörst."

„Hey, ich komme selbst vom Land, ich habe überhaupt kein Problem mit kleinen Dörfern", widersprach Jana heftig. „Ich komme dich morgen gerne wieder besuchen, oder …"

„Es wird kein Morgen geben." Endlich sah Kuno sie an. „Es gibt nur diese Nacht. Morgen werde ich nicht mehr hier sein."

„Arbeitest du auswärts?", fragte Jana verständnislos.

„Nein." Er blickte sie direkt an und nahm ihre Hände in seine. „Morgen wird auch Eidum nicht mehr hier sein. Das Dorf gehört nicht in deine Zeit, und ich ebenso wenig."

Jana sah ihn unsicher an. „Was meinst du damit? Das Dorf wird ja wohl nicht einfach so verschwinden", sagte sie.

Kuno nickte müde. „Doch, das wird es. So wie jedes Jahr, nachdem es einen einzigen Tag lang vom Meer freigegeben worden ist. Wärest du geblieben ..."

Jana schluckte. „Wenn Eidum morgen verschwindet, dann kannst du ja bei mir bleiben", schlug sie vor und räusperte sich rasch, da ihre Stimme belegt klang. „In der Jugendherberge sind bestimmt noch Zimmer frei."

„Ich gehöre nicht in deine Zeit", antwortete er. Seine Stimme klang so wehmütig, dass Jana einen Moment lang versucht war, ihm zu glauben.

„Wie spät ist es?", fragte er wieder.

„Gleich Mitternacht", antwortete Jana. „Was hat denn das ..."

Sie sprach nicht weiter, als sie seine Lippen sanft auf ihrem Mund spürte. Es mochten Sekunden vergangen sein oder Stunden, als die Berührung verschwand. Einen Augenblick noch glaubte sie sein Gesicht dicht vor ihren Augen zu sehen und die Wärme seiner Hände zu spüren, bis auch dieses Gefühl verging. Die Laterne flackerte kurz, doch sie blieb auf dem Boden stehen und hüllte Jana in ihr tröstliches Licht, während das junge Mädchen noch immer fassungslos in das Nichts starrte, wo eben noch Kuno gesessen hatte.

Später wusste Jana nicht mehr, wie sie durch die Ausläufer des Watts zum Festland gefunden hatte, geleitet nur vom Geräusch der seltenen Autos und gehüllt in den Schein der Laterne. In der Jugendherberge nahm sie die erleichterten Worte und das Schimpfen der Betreuer kaum wahr. Auch der Spott der anderen Mädchen im Schlafsaal, der sich in ungläubiges Staunen verwandelte, als sie das Wappen des vor fast sechshundert Jahren ins Meer gerissenen Dorfes Eidum auf der Laterne entdeckten, interessierte Jana nicht.

Sie wusste, Kuno hatte ihr nicht nur einmal das Leben geschenkt. In dieser Nacht nahm eine vage Idee Gestalt an: Sie würde zurückkehren nach Westerland, in einem Jahr, wenn auch Eidum wieder in die Welt zurückkehrte, durch das Watt zu ihm gehen und mit ihm tanzen – so lange, wie er wollte.

Füße im Meer

Ella Daelken

„Nicht Glück oder Unglück – der Tiefgang des Lebens ist es, worauf es ankommt. An diesem erschütternden Meere habe ich tief gelebt, und was es aufregte, das wird, gebe es Gott, irgendwie einmal ehrenhaft fruchtbar werden."
Thomas Mann

1945

Sie stellt die schweren Stiefel in den Sand, dunkel heben sie sich von dem Untergrund ab. Ein wenig von der lehmigen Erde unter den Sohlen ist abgefallen, sie nimmt sie in die Hand, streicht den Lehm mit dem Daumen in der Handfläche glatt. Ob es Erde von ihrem Hof ist? Vermutlich nicht, tausende Kilometer ist sie seitdem gelaufen. Und trotzdem scheint es ihr wie eine letzte Verbindung. Sorgfältig steckt sie die Erde in die Tasche ihres blauen Kittelkleides, aus dem ihre Beine weiß hervorstechen. Nur ihre Füße sind ganz rot, an einigen Stellen klebt Blut, an der Ferse hängt die Haut herab, abgeschabt vom langen Laufen. Sie betrachtet ihre Füße eine Weile, dann steht sie auf und geht die wenigen Schritte bis zum Meer. Kurz bevor das Wasser sie berührt, bleibt sie stehen. Die Wellen sind sanft, vor ihr breitet sich die Weite aus. Sie sieht noch einmal auf ihre Füße, dann geht sie einen Schritt vor, beißt die Zähne zusammen, als das salzige Wasser ihre Wunden berührt. Mit jeder Welle neuer Schmerz. Doch irgendwann spürt sie nichts mehr davon, stattdessen fühlt sie, wie mit jedem sanften Auftreffen der Wellen etwas von der Last von ihr genommen wird. Sie schließt die Augen, sieht die

Menschen vor sich, den Handwagen, ihre Schwester, die zurückbleibt. Die nichts sagt, sich einfach hinsetzt und mit leerem Blick vor sich hin starrt. Mit der Erinnerung kommt die Angst und schnell öffnet sie ihre Augen. Die Sonne brennt sich in sie hinein, zieht ihren Blick auf das Wasser, in die Ferne. Weg von den Erinnerungen.

1947

Das Feuer brennt hoch, sie geht einen Schritt zurück, bleibt dann stehen, starrt in die Flammen, ganz unten leuchtet es golden. Als sie wieder aufblickt, schwarze Punkte vor ihren Augen. Es dauert eine Weile, bis sie die Menschen wieder sehen kann. Sie hört Lachen, Erwartung, bald wird der Frühling kommen, bald, dann wird alles besser werden. Etwas entfernt wird eine Rede gehalten, sie hört nicht hin, sie versteht kaum Söl'ring, fremde Worte und doch manchmal vertraut, wie daheim.

Er steht ein Stück abseits von ihr, neben seinen Freunden, sie fühlt seinen Blick auf sich. Das Blau in seinen Augen, freundliche Augen, wie das Meer, ganz weit. Dann kommt er zu ihr, bleibt stehen, redet mit ihr. Mit ihr, dem Flüchtlingsmädchen, sie hört das Tuscheln um sich. Doch ihn stört es nicht, er bleibt bei ihr. Später, als das Feuer vom Biikebrennen längst heruntergebrannt ist, nimmt er ihre Hand, ganz vorsichtig. Sie fühlt ihn so nah bei sich, Wärme, seinen Duft. Gedanken füllen ihren Kopf, Bilder, die Soldaten, grobe Hände auf ihrem Körper. Sie will nicht daran denken, schiebt die Erinnerungen weg. Sie will nur ihn wahrnehmen, Hans, sie öffnet die Augen und schaut in das Blau seiner Augen, sie fühlt, wie es ihr Halt gibt. Sie erwidert seinen Kuss.

1948

Sie haben die Pension eingerichtet. Hans wartet vor der Tür, die ersten Feriengäste kommen gleich. Sie blickt durch die Räume, die Fenster sind sauber, die Betten gemacht. Die Gäste werden in D-Mark bezahlen. Deutsche Mark, fremd und doch vertraut, sie betrachtet die Münzen noch immer mit Erstaunen, muss genau hinsehen, welche sie über die Theke in die breiten Finger der Bäckersfrau gibt.

Sie hört ein Geräusch vor der Tür. Da stehen die Gäste mit ihren Koffern. Ein Reiserucksack, braun. Wie ihre Schuhe, die ganz weit hinten auf dem Dachboden liegen, daneben das blaue Kittelkleid, weit, weit hinten. Versteckt, entfernt.

Die Gäste kommen die Treppe hoch, Händeschütteln, sie ist unsicher, dann nimmt Hans sie in den Arm, lacht. Alles ist gut. Endlich Gäste, es geht vorwärts.

1954

Die jungen Leute im ersten Stock wollen zum Strand. Sie hört sie auf der Treppe, dann vor der Tür. Einer der Männer betrachtet den neuen VW Käfer, klopft auf die Reifen, sie fachsimpeln. Dann geht die Gruppe weiter.

Sie sieht ihnen nach, hört sie lachen. Ein junger Mann schlägt ein Rad, um das Mädchen in der Gruppe zu beeindrucken. Hans steht hinter ihr, er brummt. Die jungen Leute wollen zum neuen Badestrand in Westerland, nackt baden gehen, FKK. Sie wollen frei sein, vergessen, was gewesen, alles ablegen, die Kleidung, die Erinnerungen, die Vergangenheit. Sie beneidet die jungen Leute, die nur fünf Jahre jünger sind als sie, aber doch so anders.

1962

Es ist laut draußen, der Sturm hört und hört nicht auf. Das

Wasser klatscht an die Tür, eine Pfütze hat sich im Flur gebildet, sie wird rasch größer. Sie fasst das Bündel in ihren Armen fester, drückt es an sich. Doch das Baby schläft, merkt nichts von dem Tosen, dem Brechen von Holz, dem Wasser, das näher rückt.

Dann endlich ist es vorbei. Sie gehen hinaus, es ist kalt. Das Dach ist abgedeckt, eine Scheibe zerbrochen, überall ist Wasser, Matsch. Sie fassen sich an die Hände, sie haben es geschafft, das Haus steht noch. Sie gehen in den Ort, Menschen laufen herum, fest aneinandergedrückt, so als müssten sie sich gegenseitig stützen. Kinder springen durch die zerborstenen Fenster eines Hauses, in dieses hinein, aus jenem wieder hinaus, ein Spiel. Sie schiebt den Kinderwagen mit den großen Reifen, Dirk lacht darin, die Februar-Sonne kitzelt ihm in der Nase. Sie treffen den Nachbarn, bei ihm ist der Stall eingedrückt worden, die ganze Nacht hat er die Kühe brüllen hören. Ein Teil vom Deich soll zerstört sein, Hörnum nicht erreichbar. Dann: In Hamburg sollen Hunderte gestorben sein. Sie schweigen.

1970
Sie fahren mit der Inselbahn, Hans hat es als Überraschung geplant. Dirk sitzt am Fenster, dick eingepackt, es ist kalt. Als die Bahn an eine Straße kommt und das erste Mal laut trompetet, um die Autofahrer zu warnen, zuckt er zusammen. Schaut zu ihr herüber, dann wechselt das Erschrecken zu einem Strahlen. Überall Menschen, die einen Blick auf die Bahn werfen. Es rumpelt, Dirk jauchzt, Katrin schläft, gewiegt von dem Schaukeln. Langsam fahren sie weiter, gezogen von dieser wunderlichen Zusammenstellung, die aussieht wie ein zu lang geratener Lkw-Wurm. Ein letztes Mal.

Sie erkennt Westerland kaum noch wieder, sie war lange

nicht hier. Das neue Kurzentrum, Apartmentanlagen, große Hotels. Und immer weiter wird gebaut. Hans überlegt, sollten sie auch abreißen und neu bauen? Größer, schöner, moderner? So viele interessante Gäste, Aufbruch. Auch Kampen hat sich verändert. Thomas Mann, Emil Nolde, Ernst Rowohlt, das ist längst vorbei. Heute kommen andere, Filmstars, Jetset, und mit ihnen der Rummel. Längst sind die Nackten am Strand normal. Hans hat Brigitte Bardot gesehen, am Morgen, mit ihrem Mann in einem schnellen Wagen. Und auch Romy Schneider, glaubt er.

Sie will keinen schnellen Wagen und kein Hotel, die Prominenten sind ihr egal. In Morsum ist es ruhig. Ihr Friesenhaus ist klein, doch es reicht ihr. Der Nachbar hat ihnen sein Haus angeboten, eine Kielerin hat es ihm angetan, nun will er zur Werft aufs Festland. Lieber tot als Sklave, murmelt Hans. Sie hört ihn kaum, denkt an das Haus, es zu kaufen wäre gut, schließlich brauchen sie noch was für Katrin. Dirk wird den Friesenhof erben, der wird versorgt sein, aber Katrin hat nichts. Hans lacht. Wohin sie denn denke, das sind doch noch zwanzig Jahre, Katrin ist noch nicht mal ein Jahr alt und Dirk erst vor ein paar Jahren in die Schule gekommen! Sie erinnert sich, wie schnell die Welt sich ändern kann, wie alles verloren wird, Kinder, Eltern, Geschwister. Kurze Zeit später unterschreiben sie den Kaufvertrag.

1988

Der Körper bewegt sich, mit jeder Welle ein kleines Stück. Aber sie weiß, dass kein Leben mehr darin ist. Das Fell ist grau, an einigen Stellen schwarz, die Augen blicken zum Meer. Ob er leiden musste? Es ist doch nur ein Seehund, sagt Hans. Nur ein Seehund. Es waren so viele in diesem Jahr. Noch kommen die Gäste, was, wenn es noch mehr tote Seehunde werden? Sie werden auch wieder kommen, bestimmt. Hans ist zuversichtlich wie immer, nimmt ihre Hand, überdeckt ihre Zweifel.

Dirk ruft an, er klingt ganz nah, dabei ist er so weit weg. Er redet von Vorlesungen, Hausarbeiten. Nein, er kann nicht kommen in der Ferienzeit, er muss sich vorbereiten, das muss sie doch verstehen. Dann steht Katrin in der Tür, Gott, sie sieht aus wie eine erwachsene Frau, geschminkt, dunkler Lidstrich um die Augen. Das Konzert, es ist heute. Sie hat Karten, was hat sie gebettelt, dass sie gehen durfte. Mama, denk nur, das letzte Konzert! Katrin tanzt, singt – zurück nach Westerland! Sie dagegen versteht nicht, wovon ihre Tochter redet, sieht nur den glühenden Eifer in den Augen, die Vorfreude. Katrin ist neunzehn. Neunzehn, so alt wie sie damals. Sie sieht den Weg, den Matsch, hört das Rufen ihrer Schwester, weit entfernt, sieht die Soldaten, alle fangen an zu laufen.

Katrin hat die gleiche Augenfarbe wie ihr Vater, blau wie das Meer. Pass auf dich auf, sagt sie und weiß, dass Katrin sie nicht versteht. Sie weiß nichts, niemand weiß etwas. Sie will nicht mehr daran denken. Es ist vorbei, lange vorbei.

1990

Alles wandelt sich. Die Insel wandelt sich, ihr Leben wandelt sich. Das Kliffende wurde verkauft, das Ende einer Ära, steht in der Zeitung. Ein Millionär hat es gekauft, nun bleibt es privat. Umbruch. Neue Zeiten auch bei ihnen. Katrin wird den Betrieb übernehmen, es geht weiter.

Sie hört die Stimmen um sich herum, das leise Gemurmel, Blicke auf sich. Die Torte steht auf dem Tisch, Friesentorte, so wie er es sich gewünscht hat. Unser Eintritt in den Ruhestand, hat er gesagt, das feiern wir. Und nun feiern sie ohne ihn. Katrin hat rote Augen. Dirk sagt nichts, schaut nur vor sich hin. Er war lange nicht hier, hat seine eigene Familie, Kinder. Seine Frau sitzt neben ihm, drückt seine Hand. Er schaut auf und nickt. Die Kinder rennen lachend um die Tische. Sie wissen nichts, laufen herum, so viel Leben. Ihre Mutter will sie zur Ruhe rufen, doch sie sollen ruhig toben, sie sind doch noch jung. Hans hätte es so gewollt. Er hat das Leben geliebt.

Sie fühlt die Angst, nun ist sie wieder allein, kein Hans mehr, keine blauen Augen, die sie wieder aufrichten, die ihr Hoffnung geben. Sie steigt auf den Dachboden, dort, ganz hinten, stehen die braunen Stiefel, die sie damals hergetragen haben. Staub hat sich auf sie gelegt, eine dicke Schicht, sie sind kaum zu erkennen. Das Kleid liegt daneben, fest eingepackt. Sie greift in die Tasche, dort ist die Erde. Sie nimmt sie heraus, fühlt den trockenen Lehm, der in ihrer Hand zerbröselt.

Sie steht am Grab, ganz nah bei Hans. Sie hebt eine kleine Grube aus, legt die Erde hinein. Sie vermischt sich mit der Graberde, wird unsichtbar.

2013

Der Weg durch den Sand ist mühsam. Charlotte muss ihr helfen, die ist jung und stark. „Bald werde ich zwanzig", sagt sie stolz, der Wind bläst ihr das Haar ins Gesicht, lachend geht sie voran.

Ihr eigenes Gesicht ist dagegen alt, manchmal erinnert sie sich an damals, als sie in dem Alter war, ihre Haut noch jung und weich. Eine neue Generation, neues Leben. Katrin, Dirk und die Kinder, die auch schon wieder groß sind. Es ist viel passiert. Manchmal vergisst sie etwas, manchmal scheint es ihr, als seien die Ereignisse früher größer gewesen, schneller, viel mehr Veränderung. Nun ist Stillstand.

Es ist so lange her, so lange. Sie setzt sich in den Sand, muss sich das letzte Stück fallen lassen, sie hat nicht mehr genug Kraft in den Beinen. Charlotte schaut verwundert, wie soll sie auch wissen, wie es ist, alt zu sein? Der Schmerz, jede Bewegung schwierig, immer mit Mühsal verbunden.

Der Sand ist warm, sie lässt ihn durch die Finger rieseln. Dann zieht sie die Schuhe aus, die Narben an den Füßen sind kaum noch zu sehen. Kleine rote Stellen auf der weißen Haut. Verblasst, wie so vieles, und doch immer noch da. Sie steht auf, geht die wenigen Schritte, dann fühlt sie das Meer an ihren Füßen. Sie sieht hinaus in die Weite. Sie ist zu Hause.

Der Immobilienmakler

Wolfgang Brenneisen

Sven Lauffenberg war rundum zufrieden mit sich und der Welt. Er war dreißig Jahre alt, Immobilienmakler und Millionär und flanierte wie ein wohlbetuchter Ruheständler durch Kampen. Dieser Sommermorgen konnte nicht schöner sein. Die Sonne schien wie auf dem Prospekt, ein frischer, belebender Wind trieb kleine weiße Wolken über den strahlend blauen Himmel, und hin und wieder segelte eine Möwe über die reetgedeckten Dächer. Das Ferienvolk war am Strand und ließ sich bräunen.

Lauffenberg, mit einem Fernglas vor der Brust, ging gemächlich Richtung Watt. Eile hatte er keine. Er hatte keine Aufgabe zu erfüllen, dennoch gab er sich nicht einfach dem Müßiggang hin. Ein Immobilienmakler hält immer die Augen offen. Es könnte ja sein, dass er unvermutet auf ein interessantes Objekt stößt.

„Moin Moin", sagte er leutselig über einen mit Rosenbüschen bewachsenen Friesenwall hinweg. Eine ältere Frau war bei der Gartenarbeit. Sie hatte ihr weißes Haar zum Dutt hochgesteckt und trug eine praktische Kittelschürze, die sich für fast alle Arbeiten eignete. So eine richtige Oma, der man eine Freude machen kann, wenn man sie freundlich grüßt. Und wer weiß, vielleicht hat sie ja eine nützliche, geschäftsdienliche Information, dachte Lauffenberg.

Die Frau ließ die Arme sinken, drehte sich um und sagte: „Moin."

Sie trug eine Brille mit kreisrunden Gläsern. Sie lächelte höflich, aber in dem Lächeln war auch ein Schuss Misstrauen.

„Aber sagen Sie mal, das ist doch keine Arbeit für eine Frau!", rief Lauffenberg. Die Frau mühte sich mit einem Ast ab, der angebrochen von einer hohen Kiefer herabhing. „Lassen Sie mich das machen." Er öffnete die Gartentür und schon stand er neben ihr.

„Der Sturm neulich", sagte die Frau. „Aber es hätte noch doller kommen können. Dort drüben ist mal ein ganzer Baum umgekippt. Ein Glück, dass er nicht auf das Reetdach gefallen ist."

„Sie haben doch sicher eine Säge und eine Leiter", erkundigte sich Lauffenberg.

„Drüben im Schuppen", antwortete die Frau.

Lauffenberg legte sein Fernglas auf ein Fenstersims und machte sich an die Arbeit. Das war schweißtreibender, als er sich das vorgestellt hatte. Aber schließlich lag der Ast säuberlich zerkleinert in einer Ecke des Gartens.

„Jetzt haben Sie sich aber eine kleine Stärkung verdient", sagte die Frau und stellte sich vor: „Jürgensen, Elga Jürgensen."

„Lauffenberg, Sven Lauffenberg", sagte er und fügte hinzu: „Immobilienmakler." Man musste mit offenen Karten spielen, war seine Devise. Oder wenigstens teilweise.

Frau Jürgensen sah ihn misstrauisch an. Die Gläser ihrer Brille waren so stark, dass die optischen Ringe die Augen insektenhaft starr erscheinen ließen.

Lauffenberg lachte. „Keine Bange, ich bin nicht im Dienst. Und ich habe auch kein Auge auf Ihre Immobilie geworfen", erklärte er. Das war natürlich gelogen, denn angesichts einer attraktiven Immobilie ist ein Makler immer auf dem Sprung.

Er deutete auf sein Fernglas, das er sich nach der Arbeit wieder umgehängt hatte, und sagte: „Sehen Sie, Frau Jürgensen, ich bin Vogelliebhaber und war auf dem Weg zum Watt. Die Fauna ist hier einmalig: Austernfischer, Strandläufer, Möwen mannigfaltiger Art, Eiderenten ..."

„Ja, ja, wir haben hier allerlei Geflügel auf Sylt", sagte Frau Jürgensen stolz. „Aber Herr Lauffenberg, bevor Sie weiterziehen, haben Sie sich doch ein Tässchen Tee verdient, oder nicht?"

„Aber gerne", sagte Lauffenberg und dachte: Da kann ich ja gesprächsweise der Oma auf den Zahn fühlen. Vielleicht ergibt sich doch noch ein kleines, interessantes Geschäft.

Frau Jürgensen hantierte in der Küche.

Lauffenberg stand auf und klopfte gegen eine Wand. Solide Bauqualität. Dann trat er ans Fenster. Ein Grundstück in bester Lage, schätzungsweise tausend Quadratmeter. Selbst wenn man das Haus abreißen würde, wäre der Grund und Boden Gold wert.

Im Gespräch mit alten Damen, meist Witwen, war Lauffenberg schon mehrfach fündig geworden. In der Tat war das sein erfolgreiches Geschäftsmodell: nicht ein aufwendiges Büro zu unterhalten, schon gar nicht als Bediensteter eines großen Maklerunternehmens, sondern auf eigene Faust und Rechnung durch den Ort zu ziehen, die Augen offen zu halten, einen Klönschnack zu beginnen, einen sechsten Sinn für mögliche Immobiliengeschäfte zu entwickeln und Vertrauen zu säen. Vertrauen und Geduld, das war seine Erfolgsformel. Und siehe da, eines Tages hatte ihn eine solche Oma so ins Herz geschlossen, dass sie ihm ein lukratives Immobiliengeschäft anvertraute. Ein paar Omas dieser Sorte und gelegentlich auch ein vermögender, alleinstehender Ruheständler – damit war er, der Außenseiter, der junge Spund, zum Millionär geworden. Als kleiner Hai im wimmelnden Haifischbecken.

Frau Jürgensen kam mit der Teekanne, zwei Tassen und einer Rumflasche.

„Sie nehmen doch Rum in den Tee?", fragte sie.

„Einen kleinen Schuss", sagte Lauffenberg. Zwar war er beileibe kein Kostverächter, aber er wusste, dass Maßhalten bei dieser Klientel gut ankam. Also Vertrauen schuf.

Frau Jürgensen nahm sich auch einen kleinen Schuss. Das lockerte ihre Zunge. Mit wenigen geschickten Zwischenfragen erfuhr Lauffenberg eine ganze Menge. Frau Jürgensen war schon seit über zwanzig Jahren Witwe. Ihr Mann war Kapitän gewesen und lag jetzt auf dem Friedhof von Keitum bei anderen Kapitänen.

„Und haben Sie keine Verwandtschaft?", fragte Lauffenberg vorsichtig.

Frau Jürgensen sah ihn prüfend an. „Doch, eine Nichte und ihr Mann", antwortete sie. „Aber die wohnen weit weg."

Sehr günstig, dachte Lauffenberg. Verwandtschaft in der Nähe hat die lästige Angewohnheit, laufend auf der Matte zu stehen und sich einzumischen.

„Und wissen Sie, was die wollen?", fragte Frau Jürgensen.

Klar weiß ich das, dachte Lauffenberg. Die wollen an dein Erbe, die wollen das Haus. Doch er mimte den Naiven und sagte: „Nein, ich kenne die Leute ja nicht."

„Die wollen, dass ich das Haus verkaufe und ins Altersheim ziehe!"

„Aber nicht doch!", entrüstete sich Lauffenberg. „Sie sind doch noch sehr auf Draht. – Wenn unbedingt ein großer Ast abgesägt werden muss, findet sich ja eine Hilfe, oder nicht?"

„Sie haben das Herz auf dem rechten Fleck!", rief Frau Jürgensen. „Darf ich Sven zu Ihnen sagen?"

„Gerne! Aber nur, wenn ich Oma Jürgensen zu Ihnen sagen darf!", antwortete Lauffenberg.

So endete ihre erste Begegnung. Lauffenberg ging weiter

zum Watt und setzte sich auf eine Bank, jedoch nicht, um Vögel zu beobachten. Vögel waren ihm schnurzegal. Er wollte in aller Ruhe die Lage analysieren. Die Lage war vielversprechend. Oma Jürgensen war nicht die Jüngste und würde so oder so in absehbarer Zeit ihr Haus verkaufen müssen. Die Verwandten waren offensichtlich nicht imstande, die Geduld aufzubringen, die man für ein erfolgreiches Immobiliengeschäft brauchte. Ihnen war in der delikaten Angelegenheit ein Kardinalfehler unterlaufen: Sie hatten sich das Misstrauen des Erblassers eingehandelt. Da der Mensch, also auch Oma Jürgensen, Vertrauen brauchte, hatte sich hier eine Lücke aufgetan. Und diese Lücke würde er dank seiner Erfahrung und Gerissenheit füllen können, dessen war sich Lauffenberg sicher.

Er ging zur Bushaltestelle in der Kampener Hauptstraße und fuhr nach Westerland. Dort hatte er ein Zwei-Zimmer-Apartment in einem Hochhaus. Natürlich hätte er sich etwas Repräsentatives leisten können, und natürlich stand in Niebüll sein Mercedes 300 SL. Aber Bescheidenheit gehörte zu seinem Image auf Sylt. Bescheidenheit kam bei seiner Klientel gut an und schuf Vertrauen.

So fuhr Lauffenberg immer wieder mit dem Bus nach Kampen und flanierte mit dem Fernglas dekoriert zum Watt, wobei er unweigerlich an Oma Jürgensens Haus vorbeikam. Natürlich war sie nicht immer im Garten, jedoch oft genug am Fenster oder an der Klöntür. Der Tag ist für eine alte, alleinstehende Frau lang, und sie ist dankbar für eine Abwechslung.

„Moin, Sven!", rief sie. „Haben Sie einen Moment Zeit?"

Lauffenberg hatte immer Zeit. Er holte ihr gerne ein paar Lebensmittel aus dem Supermarkt in der Hauptstraße. Zur Belohnung erhielt er eine Tasse Tee mit einem Schuss Rum.

„Sagen Sie mal, Sven, Sie sind doch Immobilienmakler",

fing Oma Jürgensen eines Tages an.

Aha, dachte Lauffenberg, ist die alte Kuh endlich weich geworden.

„Ja", sagte er. Dass er in diesem Punkt nichts verheimlichte, gehörte ja zu seiner Geschäftspolitik.

„Aber ich sehe Sie doch nie arbeiten!"

Lauffenberg lachte. „Ach wissen Sie, Oma Jürgensen, Geld ist mir nicht so wichtig. Von Zeit zu Zeit mache ich einen Deal für einen Freund oder einen guten Bekannten. Auf Vertrauensbasis. Vertrauen ist wichtig. In unserer Branche gibt es viele schwarze Schafe – so etwas stößt mich ab. Sie wissen ja, was mir wichtig ist."

„Die Vögel?"

„Genau. Da geht es ehrlich zu. Da haut keiner den anderen übers Ohr."

Die Worte schienen Oma Jürgensen zu gefallen. Aber das war es dann schon. Lauffenberg war etwas enttäuscht. Geduld, Sven, Geduld, sagte er sich. Die Olle ist noch nicht so weit.

Einmal begleitete er sie zum Friedhof in Keitum. Sie fuhren mit dem Bus, wobei Lauffenberg galant beim Ein- und Aussteigen behilflich war. Dass er sich für ein so volkstümliches Verkehrsmittel nicht zu schade war, kam bei Oma Jürgensen gut an.

Auf dem Friedhof standen sie vor einem Grabstein mit der Aufschrift „Arnfried Jürgensen, Kapitän zur See".

„Ach, das ist lange her", seufzte Oma Jürgensen.

„Die Zeit vergeht, und wir werden älter und älter", steuerte Lauffenberg bei.

Oma Jürgensen sah ihn an. „Sagen Sie mal, Sven, Sie sind doch noch jung – haben Sie kein Lebensziel? Wollen Sie immer nur Vögel beobachten?"

„Doch, Oma Jürgensen, ich habe ein Ziel, ein großes Ziel.

Vielleicht ist es zu groß. Ich möchte ein Mehrgenerationenhaus bauen, in Westerland, für Sylter, die sich auf ihrer Insel keinen Wohnraum leisten können. Junge Menschen wie ich und ältere wie Sie – sie alle sollen friedlich unter einem Dach zusammenwohnen und füreinander da sein."

„Schön", sagte Oma Jürgensen, und Lauffenberg hatte den Eindruck, dass Tränen in ihre Augen getreten waren. Aber hinter den Ringen ihrer Brillengläser war das nicht mit Sicherheit auszumachen.

Und dann schien es so weit zu sein.

„Sven", sagte sie, „könnten Sie mir behilflich sein, mein Haus zu verkaufen?"

Lauffenberg mimte den Erstaunten. „Ja, aber Oma Jürgensen, wo wollen Sie dann hin?"

„In Ihr Mehrgenerationenhaus. Nicht gleich natürlich. Erst dann, wenn es steht", sagte sie lächelnd. „Wie viel würde mein Haus denn bringen?"

Lauffenberg lachte das Herz im Leibe. Jetzt war er in seinem Element.

Er gab sich den Anschein, intensiv nachzudenken und innerlich zu rechnen. „Eine Million", sagte er schließlich.

Oma Jürgensen schien wie vom Donner gerührt. „Eine Million", wiederholte sie. Ihr Gesicht schien mit einem Mal maskenhaft starr zu sein.

„Toll, was?"

„Eine Million", sagte sie erneut und fuhr dann fort: „Eine Million in bar."

„Nein, das geht nicht", wehrte Lauffenberg ab. „Solche Beträge überweist man nur von Konto zu Konto."

Aber Oma Jürgensen blieb hart. Entweder Bargeld oder sie würde nicht verkaufen.

Lauffenberg ging hinab zum Watt und setzte sich auf die Bank, um die Situation zu analysieren. Die verdammten

Vögel mit ihrem verdammten Geschrei störten ihn etwas in seinen Überlegungen. Aber die Situation war eigentlich klar. Eine Million für dieses Grundstück war ein Nasenwasser. Natürlich würde er es nicht gegen Provision vermitteln, sondern selbst kaufen. Um es dann für ein Mehrfaches wieder zu verkaufen.

Es dauerte ein paar Tage, bis seine Bank das Bargeld bereitstellen konnte. Er setzte den Kaufvertrag auf. Sollte die störrische Oma eine notarielle Beurkundung haben wollen, konnte sie die kriegen. Der Vertragstext war einwandfrei. Die Fünfhunderter-Scheine passten in ein vergleichsweise kleines Köfferchen.

Wie gewohnt begab sich Lauffenberg am späten Morgen zu Oma Jürgensen. Auf das Fernglas verzichtete er diesmal, dieses Theater war jetzt nicht mehr nötig. Dafür hatte er sein inhaltsschweres Köfferchen bei sich.

„Ist eine Million nicht etwas wenig?", fragte ihn Oma Jürgensen. Sie fixierte ihn mit ihren Insektenaugen.

„Eine Million! Frau Jürgensen, so viel würden Sie von keinem anderen bekommen!"

„Ehrlich?"

„Bei meiner Ehre als ehrlicher Makler, dem das Vertrauen seiner Kunden über alles geht!", beteuerte Lauffenberg. Die dumme Sau würde doch nicht etwa in letzter Sekunde einen Rückzieher machen!

„Aber sagen Sie mal, Oma Jürgensen, wo wollen Sie denn das viele Geld bunkern? Doch nicht unter der Matratze?"

Oma Jürgensen lächelte. Das Lächeln wirkte auf Lauffenberg etwas merkwürdig.

„Ich habe einen Tresor. Passen Sie mal auf."

Sie schob den Esstisch zur Seite und rollte den Teppich zurück. Darunter erschien eine Falltür.

„Mein Arnfried hat seinerzeit einen Atombunker ausgehoben, so dachte man damals. In aller Heimlichkeit. Keiner weiß davon." Sie rollte den Teppich wieder zurück und schob den Tisch an die alte Stelle. Aber jetzt weiß ich davon, sagte sich Lauffenberg. Wer weiß, wozu dieses Wissen einmal noch gut sein wird.

Der Vertrag in doppelter Ausführung wurde unterzeichnet und das Geld übergeben.

„Ein Tässchen Tee zum erfolgreichen Abschluss?", schlug Oma Jürgensen vor.

„Mit einem kleinen Schuss Rum", ergänzte Lauffenberg und dachte: Wie schön, dass die Olle nicht von einem Notar redet.

„Und heute zur Feier des Tages mit einem kleinen Schuss aus Arnfrieds Fläschchen." Sie spritzte etwas in seine Tasse.

„Hm. Was ist denn das? Angostura?"

„Nein. Rate noch mal, Sven."

Mit einem Mal wurde Lauffenberg unerträglich heiß und er glaubte zu ersticken. Sein letzter Gedanke war: Die alte Hexe hat mich vergiftet ...

Sie schob den Tisch zur Seite, rollte den Teppich zurück und öffnete die Falltür. Mit erstaunlicher Kraft zog sie den leblosen Körper zu der Öffnung und stieß ihn hinab. Dann nahm sie den Geldkoffer und stieg die Leiter hinunter, die in die Tiefe führte.

Nach ein paar Stunden ging sie in den Garten, um den Rasen zu mähen. Es war ein schöner Herbsttag. Buntes Laub lag auf dem Weg. Spaziergänger gingen vorbei und grüßten die tüchtige Greisin mit einem freundlichen Moin Moin.

Zustände sind das!

Ulrike Körbs

Heute vor zehn Jahren fand ich Helmut tot auf dem Sofa. Nach fast sechzig Jahren Ehe starb er plötzlich. Ohne Vorankündigung. Ich hatte mich am Vorabend gewundert, dass er nicht zu mir ins Bett gekommen war, aber seine Freude am späten Fernsehprogramm und das heimliche Fläschchen Bier, das er sich dann noch gönnte, hatten mich schon so manche Nacht auf ihn warten lassen. Ich schlief eben ohne ihn ein und erwachte am Morgen zuverlässig neben ihm.

Außer an jenem Morgen. Da lag er im Wohnzimmer auf dem Sofa und hatte sich ohne Abschied aus unserem Leben geschlichen. Was sollte denn nun ohne ihn werden? Wir waren doch so ein gutes, altes Ehepaar. Hatten das Rentnerleben genossen, jeden Nachmittag unseren Strandspaziergang gemacht, sonntags bei Café Wien gesessen und die Touristen beobachtet. Und abends oft den Sonnenuntergang am Brandenburger Strand zusammen bewundert.

Mein Sohn Klaus und seine Renate besuchen mich seitdem regelmäßig, kommen extra von Berlin nach Sylt angereist, und auf die immer wieder von mir gestellte Frage, wo denn bloß die Zeit geblieben sei, bekomme ich dieses Mal eine unglaubliche Antwort: „Mutti, das mit der Zeit ist ja das Problem. Du vergisst alles, du gehst am Nachmittag im Nachthemd auf die Straße, du bist ohne Schuhe zur Sparkasse gelaufen und die Feuerwehr musste kommen, um das Feuer in der Küche zu löschen."

Ach, der Junge und seine Frau ... Als ob ich nicht wüsste, dass Schuhe an die Füße gehören. Und die Herren von der

Westerländer Feuerwehr haben eine Übung hier im Haus gemacht, die waren also sowieso hier. Und niemals war ich im Nachthemd auf der Straße, was sollten denn die Nachbarn denken?

„Mutti, wir haben ein schönes, neues Zuhause für dich gefunden, ganz in der Nähe. Da kümmert man sich um dich, zur Promenade sind es nur ein paar Minuten, das Essen ist lecker und du musst dich um nichts kümmern."

Unverschämt, diese Schwiegertochter, was redet die denn da? Ich habe doch ein Zuhause. Ich koche mein Essen selbst und ich kümmere mich ganz allein um meine Angelegenheiten.

Für mich ist das Gespräch beendet. Dass die beiden nun immer noch hier sitzen und auf mich einreden, vernehme ich natürlich, aber durch ein leichtes Drehen am Hörgerät ist Ruhe und ich muss lachen, als mein dicklicher Sohn und meine magere Schwiegertochter wild gestikulierend vor mir auf und ab laufen. Ich verlasse das Wohnzimmer, schlüpfte in meine Schuhe, ziehe mir den Mantel an und mache mich auf den Weg. Schließlich hat Helmut heute Todestag, ich werde ihn jetzt auf dem Friedhof bei der schönen, alten Dorfkirche besuchen gehen. In der Eile übersehe ich wohl die letzten beiden Stufen.

Ein paar Tage später sagt der gutaussehende, junge Herr Doktor in der Nordseeklinik zu mir, dass ich nun aufstehen dürfe, die Prellungen seien abgeklungen, der Verband am Fuß sitze nicht zu stramm, ja, und die blauen Flecken sähen doch auch schon nicht mehr so schlimm aus. Die Männer vom Roten Kreuz sind gekommen, sie helfen mir beim Aufstehen, reizende Sylter Jungs, sie haben sogar meine Sachen gepackt und begleiten mich hinaus. Im Krankenwagen nach Hause! Da wird meine Nachbarin Frau Ziegler neidisch gucken.

Die Fahrt endet bereits nach drei Minuten. Ob die Jungs neu auf der Insel sind und sich nicht auskennen? Dieses Haus ist nicht Norderstraße 20 in Westerland.

„So, Frau Keller, da wären wir. Mein Kollege und ich bringen Sie jetzt auf Station 1, dort erwartet Sie Schwester Martha, die zeigt Ihnen dann alles."

Das muss doch ein Irrtum sein, an der Eingangstür steht „Altenheim an der Düne". Was soll ich denn hier?

Schwester Martha begrüßt mich überschwänglich: „Ah, da kommt ja unsere Käthe Keller, herzlich willkommen in unserem Hause. Ich zeig dir mal dein Zimmer und stelle dir Frau Meier vor, das ist deine Zimmernachbarin, ihr werdet euch gut verstehen."

Das muss doch ein Missverständnis sein, wieso duzt mich diese Frau? Ich kenn die doch gar nicht.

Nach einer Woche besucht mich mein Hausarzt. Na endlich! Der Fuß ist wieder gut, die blauen Flecken sind verschwunden ... dann kann ich ja jetzt nach Hause.

„Aber meine liebe Frau Keller, Ihr Sohn hat doch mit Ihnen gesprochen. Hier ist nun Ihr neues Zuhause. Ihre Wohnung ist bereits leer geräumt und neu vermietet, hier sind Sie doch gut aufgehoben und ..."

Das kann doch nicht wahr sein! Meine Wohnung neu vermietet? Wo sind meine Möbel? Ich soll hierbleiben? In einem Zimmer mit dieser Frau Meier, die dauernd stöhnt und sich in die Hosen macht? Den Geruch hab ich ständig in der Nase, das ganze Haus riecht so. Bitte, Herr Doktor, helfen Sie mir, ich will hier raus! Aber er drückt mir nur die Hand und geht.

Nach einem Monat kenne ich Frau Schlumm und Frau Hase. Die erzählen immer die gleichen Geschichten. Frau Schlumm hatte wohl einen Bruder, der 1954 Mitbegründer der Sylter Verkehrsgesellschaft war, er hat ihr ein paar Jahre später eine Stelle als Straßenbahnfahrkartenkontrolleurin besorgt. Ha, die Inselbahn war doch gar keine Straßenbahn! Nun sagt sie dauernd: „Ihre Fahrkarten, bitte!"

Dann fängt Frau Hase an, von ihrem Mann zu schwärmen, den hat sie 1926 kennengelernt, als der Kampener Leuchtturm umgebaut wurde. Das kann doch gar nicht stimmen, da war die doch noch viel zu jung. Wir haben damals mit der Schulklasse einen Ausflug dorthin gemacht und durften den Leuchtturm sogar besteigen. Herrliche Aussicht!

Ich hab meinen Helmut auch früh kennengelernt, damals, beim Tanztee in Braderup. Aber das war im August 1938, kurz nach meinem 21. Geburtstag.

Frau Hase scheint mir doch sehr durcheinander zu sein.

Die anderen Damen, die mit mir am Tisch sitzen, reden ständig nur über das Wetter und ihre Verdauung. Ich muss unbedingt mein Hörgerät rausnehmen, dann brauche ich mir das Gerede nicht immerzu anzuhören. Außer „Moin" und „Guten Appetit" sage ich nichts. Ich habe beschlossen zu schweigen und abzuwarten.

Nach den Mahlzeiten schiebe ich meinen Rollator über die Flure, manchmal fahre ich mit dem Fahrstuhl nach unten und wage mich hinaus, um die Gegend zu erkunden.

Schnell habe ich rausgefunden, dass sich gleich hinter dem Haus der Rosenweg befindet, dort stehen alle paar Meter Bänke zum Verweilen, und als ich sicher bin, dass meine Füße mich so weit tragen, mache ich mich auf den Weg, um ein paar Stunden diesem Haus an der Düne zu entfliehen.

Bis zur Norderstraße und meiner alten Wohnung ist

es zwar nicht weit, aber da wage ich mich nicht hin, ich will nicht wissen, wer jetzt in meiner Wohnung wohnt, und die Nachbarn will ich auch nicht sehen. Die mich ja ganz offensichtlich auch nicht. Niemand scheint mich zu vermissen. Mein Sohn meldet sich nicht, die Damen von der Westerländer Kirchengemeinde kommen nicht vorbei, noch nicht mal die neugierige Frau Ziegler, die über fünfzig Jahre meine Nachbarin war und immer alles genau wissen wollte, selbst die kommt nicht. Ein langweiliges Leben.

Nachts finde ich kaum Schlaf, Frau Meier stöhnt und schnarcht die ganze Nacht, dauernd kommt ein Pfleger ins Zimmer, macht Licht, spricht laut und zieht die Tür nie leise hinter sich zu. Morgens stehe ich zeitig auf, um wenigstens die Erste im Badezimmer zu sein, aber manchmal bin ich nicht schnell genug und sitze mit voller Blase auf der Bettkante und muss warten, bis die Pfleger Frau Meier gewaschen haben. Und das kann dauern.

Der Tag ist lang. Frühstück. Mittagessen. Kaffee trinken. Abendbrot.

Dazwischen passiert nichts. Immerhin hat mir mein Sohn das Abonnement von der Sylter Rundschau gelassen und ich kann verfolgen, was „da draußen" geschieht.

Nach einem Jahr bekomme ich eine Betreuerin. Offensichtlich habe ich kein Geld mehr und Helmuts und meine Rente reichen nicht, um das hier zu bezahlen. Auch das noch.

Und bei Klaus und Renate ist nichts zu holen, die sind doch auch schon in Rente und waren sowieso nie so sparsam wie ich. Nun muss der Staat für mich aufkommen, und da mir wohl nicht mehr zuzumuten ist, einen Antrag zu stellen, übernimmt das nun diese Frau. Die kümmert sich jetzt um alles, was mich betrifft. So langsam gewöhne ich mich an sie, ich werde mich mal trauen und sie fragen, ob es möglich ist, dass ich ein Zimmer für mich allein bekommen kann.

Frau Schlumm und Frau Hase haben eigene Zimmer, vielleicht weil sie so viel reden und damit alle stören? Wenn das so ist, bin ich gerne bereit, mein Schweigen zu brechen und auch viel drauflos zu reden, wenn das was nützt? Die Betreuerin will mal bei der Heimleitung vorsprechen und das klären.

Die Chefin vom Haus kommt dann ein paar Tage später höchstpersönlich und erklärt mir, dass ein Einzelzimmer für mich unmöglich ist. Aufgrund meiner finanziellen Lage und überhaupt, ich solle doch mal den Heimvertrag lesen, da habe ich für ein Doppelzimmer unterschrieben.

Davon weiß ich nichts, ich merke aber schnell, dass Widerspruch zwecklos ist und ich mich meinem Schicksal wohl fügen muss. Inzwischen bin ich fünfundneunzig Jahre alt, da werden die da oben ja wohl bald ein Einsehen haben und mich holen. Der liebe Gott könnte ja mal da sein, jetzt, wo ich ihn brauche.

Nach zwei Jahren teile ich mir immer noch das Zimmer mit der stöhnenden Frau Meier, meine Tischnachbarinnen Frau Schlumm und Frau Hase sind verstorben, neben mir sitzt jetzt eine Frau im Rollstuhl, ich glaube, die kann gar nicht mehr sprechen. Und dann sitzt mir gegenüber ausgerechnet Frau Petersen, ich kenne sie noch von früher, wir beide haben bis 1979 zusammen bei Wäscherei Lorenzen gearbeitet.

Zwanzig Jahre jeden Tag mit dem Fahrrad nach Kampen. Bei Wind und Wetter. Immer vorbei an den schönen Reetdachhäusern. Die Petersen hatte was mit dem Chef und fuhr immer erhobenen Hauptes in seinem VW Käfer an mir vorbei. Mit Kopftuch und Sonnenbrille, damit die

Kampener Gäste meinten, sie wäre „eine von ihnen", pah, ausgerechnet die! Damals konnten wir uns schon nicht leiden und nun guckt sie mich immer so komisch an.

Mir ist inzwischen fast alles egal, ich tue immer so, als würde ich sie gar nicht bemerken. An die Gesichter vom Personal habe ich mich gewöhnt, meine Betreuerin guckt oft nach mir, aber nein, die kann auch nichts für mich tun. Noch nicht mal mit der Pflegestufe hat es geklappt.

Da kam eine vom Gesundheitsamt oder so, sie hat mich ein paar Verrenkungen machen lassen und hat dann festgestellt, dass ich körperlich in einem einwandfreien Zustand bin. Das mit dem Waschen schaffte ich selbstverständlich alles noch allein, das fehlt noch, dass mir dabei ein Pfleger hilft. Und schon gar nicht so eine wie Schwester Martha.

Ach, es ist so langweilig hier. Den ganzen Tag passiert nichts. Und wenn draußen der Wind tobt, wie so oft auf dieser Insel, denke ich sehnsüchtig an früher. Helmut hat immer ganz fest meine Hand gehalten, wenn es draußen stürmte und ich mal wieder Angst hatte, wir würden wegwehen. Heute wünsche ich mir, es wäre so. Bitte, lieber Wind, nimm mich mit! Trage mich fort ... Bis zu Helmut. Der Tod hat mich bestimmt vergessen. Oder ob Helmut mich da oben nicht haben will?

Neuerdings wohnt im ehemaligen Zimmer von Frau Schlumm ein großer, dicker Mann, der schreit immer ganz laut, es heißt, er wäre sein Leben lang Fischverkäufer gewesen, da muss man wohl ein lautes Organ haben. Manchmal sitzt er bei den Mahlzeiten mit uns im Speisesaal, dann guckt er grimmig in die Runde und gibt zischende Laute von sich. Dabei verzieht er den Mund wie eine Makrele, die man gerade aus dem Wasser gefischt hat.

Die anderen Damen bei mir am Tisch haben ein bisschen

Angst vor ihm. Ich nicht. Ich freue mich immer, wenn er gemein zu den Schwestern ist, manche von den jungen Dingern hat er schon zum Heulen gebracht. Seit er da ist, passiert hier wenigstens etwas. Außerdem hat er mir schon mehrmals zugezwinkert, seine Augen erinnern mich an Helmut, der hat mir auch oft zugezwinkert, wir brauchten nicht viele Worte.

Das Vergnügen meinerseits ist nur kurz, der große, dicke Fischverkäufer wird von der Heimleitung in sein Zimmer verbannt und es ist wieder alles beim Alten. Nach ein paar Tagen, ich drehe zum wahrscheinlich tausendsten Mal meine Runde mit dem Rollator über den Flur, höre ich lautes Stöhnen und Grunzen aus dem Zimmer vom großen, dicken Mann.

Das Personal ignoriert die Geräusche, ja, das können die gut. Aber ich bin neugierig und gehe gucken, was da im Zimmer los ist. Gut, dass ich meine Brille vorhin geputzt habe, der Raum ist ziemlich abgedunkelt und ich kann kaum was sehen.

Langsam schiebe ich meinen Rollator in die Richtung des Bettes, dort vermute ich den stöhnenden, dicken, großen Mann, ich will wissen, wie es ihm geht. Kaum habe ich mich seinem Bett genähert und will ihn gerade ansprechen, da knallt ein Stock auf meine Stirn!

Über meinem rechten Auge platzt die Haut, es blutet ganz doll und die Brille fliegt in hohem Bogen durch den Raum. Vor Schreck falle ich vornüber und lande krachend mit der Schulter am Bettgestell. Ich sacke zusammen und merke, wie ich das Bewusstsein verliere und so ganz langsam das Leben aus mir weicht.

Komisch, so hab ich mir das mit dem lieben Gott und dem Sterben natürlich nicht vorgestellt, aber nun, wo es so weit ist, kann ich nicht auch noch wählerisch sein, ich bin eigentlich erleichtert, ja fast schon froh, dass mein Leben endlich zu Ende ist.

Ach Helmut, du freust dich, mich wiederzusehen? Weißt du, jetzt musste ich es so lange ohne dich schaffen, die letzten Jahre sogar in diesem Altenheim! „Knast an der Düne", so habe ich es insgeheim genannt! Dass es so etwas überhaupt gibt! Und das auf Sylt! Und dafür reichte weder deine noch meine mickrige Rente. Jahrelang hab ich auf den Tod gewartet, finanziell unterstützt vom Sozialamt! Dass mein Leben mit einem Schlag auf den Kopf beendet wurde, kam zwar plötzlich und unerwartet, aber da ich nun endlich „hier oben" bin, weißt du, Helmut, bei aller Liebe, bevorzuge ich ein Einzelzimmer.

Heimatlos

Angelika Waitschies

Schon gestern hatte sie ihn an der kleinen, weißen Pforte zum Friedhof der Heimatlosen stehen sehen. Wie jetzt hatte er auf den Findling am hinteren Ende des Areals gestarrt und die Augen zusammengekniffen, als könne er so die Inschrift auf der eingelassenen Tafel erkennen.

Wir sind ein Volk vom Strom der Zeit
Gespült zum Erdeneiland
Voll Unfall und voll Herzeleid,
Bis heim uns holt der Heiland
Das Vaterhaus ist immer nah
Wie wechseln auch die Lose
Es ist das Kreuz von Golgatha
Heimat für Heimatlose

Seine Kleidung war zerschlissen, geradezu armselig. Die ausgeblichene Stoffhose, die einmal schwarz gewesen sein mochte, der dunkelblaue Sweater. Die klobigen Schuhe, deren Sohlen sich zu lösen begannen. Doch trotz aller vermeintlichen Verwahrlosung war etwas an ihm, das ihren Blick wie magisch anzog.

„Hallo." Katharina wusste nicht, woher sie den Mut nahm, ihn anzusprechen. Sie war ein schüchterner Mensch, stets darauf bedacht, anderen nicht zu nahe zu treten. Geboren in eine Zeit, die nicht zu ihr passte, weil sie zu oberflächlich und hektisch geworden war und den Sinn für Werte verloren zu haben schien.

„Guten Tag." Der Blick seiner grauen Augen umfing

sie und ließ ein seltsames Gefühl der Vertrautheit in ihr aufsteigen. Ein Frösteln überzog ihre nackten Arme, obwohl eine warme Septembersonne schien. Sie warf einen goldenen Schimmer auf sein Gesicht, glättete tiefe Falten, ließ hohe Wangenknochen zurücktreten.

„Ich bin Danklef." Er streckte ihr die Hand entgegen, ließ sie aber im letzten Moment wieder sinken.

„Danklef." Der Name klang in ihrem Inneren nach. „Das ist ein sehr schöner Name. Seine Ursprünge liegen auf Föhr und Amrum. Mein Ururgroßvater hieß genauso."

Ein eigentümlicher Ausdruck flog über sein Gesicht, dann drehte er sich zur Pforte zurück. „Was machen Sie hier?", hörte sie seine leise Stimme. „Dies ist ein Ort der Toten und Vergessenen. Was hat eine schöne, junge Frau wie Sie hier verloren?"

So hatte sie sich schon lange nicht mehr gesehen. Schön. Jung. Erst gestern hatte Sven ihr erneut vorgehalten, dass sie mindestens zehn Pfund abnehmen und sich endlich schickere Klamotten zulegen solle. Als wenn sie in Sack und Asche herumlaufen würde. Auch an ihrem Job hatte er natürlich wieder etwas auszusetzen gehabt. Freie Journalistin. Kein Wunder, dass niemand sie anstellen wollte, bei den Themen, die sie den Redaktionen vorschlug.

Das vergessene Sylt. Den Artikel über die „Stapelhooger" genannten Hünengräber, die in der Bronzezeit auf dem Gelände der „Kupferkanne" in Kampen entstanden waren. Und jetzt diese Marotte mit den Friedhöfen der Heimatlosen, die man an vielen Orten der Nordseeküste fand. Wen zum Teufel interessierten namenlose Tote, die die Nordsee angespült hatte?

„Mich!", hatte Katharina ihn angeschrien, zermürbt von den ewigen Streitigkeiten. „Und mit Sicherheit auch andere Menschen, die nicht so verdammt oberflächlich sind wie du. Denn hinter jedem dieser Toten steht ein Schicksal." Ein Wort hatte das andere gegeben, dann hatte Sven die Wohnung verlassen. Als sie am Morgen aufgebrochen war, war er noch nicht zurückgekehrt.

„Ich bin Journalistin und schreibe einen Artikel über die Friedhöfe der Heimatlosen an der Nordsee. Diesen hier in Westerland finde ich besonders schön." Katharina blickte zu den schlichten Holzkreuzen hinüber, auf denen die Fundorte und das Datum des Auffindens vermerkt waren. „Er wurde 1855 angelegt. Im November 1905 fand die letzte Beerdigung statt, 1907 wurde der Friedhof geschlossen. Den Gedenkstein, den Sie dort hinten sehen, hat Königin Elisabeth von Rumänien gestiftet. Der Text darauf ist die Strophe eines Liedes des Berliner Hofpredigers Rudolf Kögel."

Sie öffnete die Holzpforte. „Kommen Sie."

Danklef schüttelte den Kopf und blieb an der Pforte stehen. Katharina sah, wie sich seine Hände verkrampften. Sie beschloss, nicht weiter in ihn zu dringen und zog den Fotoapparat aus dem Rucksack. Während sie zwischen den blühenden Rosenrabatten umherging und ihre Aufnahmen machte, warf sie immer wieder vorsichtige Blicke zu Danklef hinüber. Er stand noch immer an der Pforte und sie fragte sich, was ihn davon abhielt, den Friedhof zu betreten, der ihn so offensichtlich interessierte.

„Wissen Sie, wann hier der letzte Tote bestattet wurde?", fragte Danklef, als Katharina wieder neben ihm stand.

„Am zweiten November 1905."

„Wo steht sein Kreuz?"

In Danklefs Stimme lag ein verhaltenes Zittern, seine Hände krallten sich an der Pforte fest. Verwundert sah Katharina ihn an. „Warum schauen Sie nicht selbst?"

„Bitte sagen Sie es mir."

Suchend ging Katharina umher, bis sie das dunkle Holzkreuz gefunden hatte. „Hier ist es."

Danklef nickte, ein Beben durchlief seinen Körper. Katharina ging zu ihm zurück. „Was ist mit Ihnen?" Sie sah, dass Tränen in seinen Augen standen. Und ein Ausdruck von unendlicher Erleichterung.

„Nichts." Er wandte sich ab. „Sie würden es nicht verstehen."

Katharina lief hinter ihm her. „Dann erklären Sie es mir. Dieser Friedhof hat eine große Bedeutung für Sie. Warum?"

„Sie sind eine sehr kluge Frau."

„Ich schaue einfach nur genau hin."

Schweigend sahen sie sich an. Sein Gesicht war jung, trotz der tiefen Falten, die sich darin eingegraben hatten. Und es rief eine Erinnerung hervor, die sie nicht greifen konnte.

„Katharina?"

Sie schrak auf, als sie Danklef ihren Namen aussprechen hörte. Woher ...? Sie rief sich den Inhalt ihres Gesprächs ins Gedächtnis zurück, aber sie konnte sich nicht erinnern, ihn genannt zu haben.

„Katharina ..."

Es war schön, den Namen aus seinem Mund zu vernehmen. Der Ernsthaftigkeit seiner Stimme zu lauschen, die vier einfachen Silben plötzlich wieder eine Bedeutung verlieh.

Katharina.

Nicht Cat, wie Sven sie zu nennen pflegte, der alles und jeden auf seine lächerlichen Anglizismen reduzierte, als gäbe es die deutsche Sprache nicht mehr.

„Warum sind Sie so unglücklich, Katharina?" Die grauen Augen schienen bis in ihr Innerstes zu blicken.

„Sie sind ein sehr kluger Mann."

„Ich schaue einfach nur genau hin." Ein schwaches Lächeln überzog Danklefs Gesicht. „Lassen Sie uns ein paar Schritte gehen."

Sie schlugen den Weg zur Himmelsleiter ein. Katharina musste feststellen, dass Danklef die über die Dünen führende Holztreppe nicht kannte. Den Aufstieg schaffte er mühelos, ganz im Gegensatz zu ihr. Bereits auf dem vierten Absatz geriet sie ins Keuchen. Wie jedes Mal.

Je weiter sie Westerland hinter sich ließen, umso leerer wurde der Strand.

„Ich bin unglücklich, weil ich ein Leben führe, das ich nicht will." Ohne groß darüber nachzudenken, begann sie ihm von Sven zu erzählen und seiner fortwährenden Verachtung für alles, was sie interessierte. „Und trotzdem habe ich nicht die Kraft, mich aus dieser Beziehung zu befreien."

Katharina schaute auf die Nordsee hinaus, die im sanften Licht der Abendsonne glänzte. „Mein Ururgroßvater war da ganz anders."

„Danklef."

„Ja, genau. Danklef. Er hat damals alles hinter sich gelassen, weil er nach Amerika wollte. Seine Familie, seine Frau und das neu geborene Kind. Er war geächtet. Meine Mutter hat ihre Urgroßmutter noch kennengelernt und mir erzählt, dass diese jedes Mal ausgespuckt hat, wenn von ihm die Rede war. Alle haben ihn gehasst. Ich finde sein Verhalten ebenfalls rücksichtslos, aber ich kann auch verstehen, dass er seinen Traum nicht aufgeben wollte. Er war stark. Ich bin es nicht."

„Vielleicht war er einfach nur verzweifelt, weil ihm ein Leben aufgezwungen worden war, das er nicht wollte. Aus Verzweiflung kann Stärke erwachsen. Diejenigen, die nicht wissen, was dahintersteckt, nennen es Rücksichtslosigkeit."

„Was meinen Sie damit?" Katharina betrachtete sein kantiges Profil und bemerkte die Anspannung in seinen Kiefernmuskeln.

„Es ist doch möglich, dass Danklef mit dem Kind erpresst werden sollte hierzubleiben. Von einer Frau, die ihn in einer schwachen Stunde verführt hat. Obwohl er genau wusste, dass er sie niemals lieben würde, hat er sich seiner Verantwortung gestellt und ist geblieben. Bis er es irgendwann nicht mehr ertragen konnte."

„Das ist komisch", murmelte Katharina. „Meine Mutter hat etwas Ähnliches gesagt, nachdem sie das Tagebuch ihrer Urgroßmutter gelesen hatte. Darin war von der Bitte um Vergebung die Rede."

„Vielleicht ist Danklef mit der Absicht gegangen, seinen Traum von Amerika zu verwirklichen. Vielleicht haben ihn aber sehr schnell Skrupel überkommen. Weil er ein rechtschaffener Mann war. Es ist doch möglich, dass er zu seiner Familie zurückkehren wollte. Haben Sie schon einmal darüber nachgedacht?"

„Aber er ist nicht zurückgekommen."

„Nein, das ist er nicht. Weil der Tod ihn daran gehindert hat."

Katharina starrte Danklef an. Die Härte in seinen letzten Worten jagte ihr einen Schauer über den Rücken. Es war ... ja, es war, als wisse er, was damals geschehen war. Ein Gedanke begann sich in ihrem Kopf zu formen, so aberwitzig, dass er ihr den Atem nahm. Danklefs seltsames Verhalten beim Friedhof, die Frage nach dem letzten Toten, der dort bestattet worden war. Die Namensgleichheit, die altmodischen und zerschlissenen Kleidungsstücke. Diese unerklärliche Vertrautheit.

„Danklef wollte zurückkehren, Katharina. Weil ihn sein Schuldgefühl niederdrückte. Aber das Schiff, das ihn nach

Sylt bringen sollte, ist in einem Sturm gekentert. Als Danklef an den Strand von Westerland geschwemmt wurde, war er bereits tot. Zwei Tage später wurde er gefunden. Das war am ersten November 1905."

Nein, das konnte nicht sein. Auch wenn sie ein großes Interesse an mystischen Dingen hegte, zur Spökenkiekerei neigte sie nicht. Die Gestalt, die hier vor ihr stand, war ein Mensch aus Fleisch und Blut, kein zwischen den Welten irrlichterndes Wesen, das nach dem Ort suchte, an dem es begraben war.

„Ich bin froh, dass ich dich kennenlernen durfte, Katharina. Mach bitte nicht denselben Fehler wie ich. Wenn ich stark gewesen wäre, wie du gesagt hast, wäre ich nicht zurückgekommen. Dann hätte ich meine Skrupel überwunden und mein Leben gelebt. So wie du es jetzt endlich tun solltest. Schreib über die Dinge, die dich berühren. Sie kommen aus deinem Herzen und das werden die Menschen merken. Mach dich frei von allen Zwängen und vor allen Dingen von dem Mann, den du nicht liebst."

Danklefs Hand neigte sich zu ihrem Arm, aber wie schon vorhin auf dem Friedhof zog er sie wieder zurück. Ein Lächeln lag auf seinem Gesicht, als er sich abwandte und auf die Nebelwand zuging, die von See aufgezogen war. Im nächsten Moment hatte das dunkle Grau ihn verschluckt.

Eine Vielzahl von Empfindungen stieg in Katharina auf. Sie wollte lachen und weinen, Danklef hinterherlaufen, versuchen ihn zurückzuhalten, mehr erfahren. Aber sie tat nichts dergleichen, sondern lenkte ihre Schritte zur Himmelsleiter zurück. Als sie wieder am Friedhof der Heimatlosen angekommen war, hatte sie eine tiefe Ruhe erfasst.

Auch wenn sie noch einige Zeit brauchen würde, das Geschehene zu erfassen, eines wusste sie schon jetzt. Es hatte den Grundstein für die längst überfällige Veränderung in ihrem Leben gelegt. Sie würde Danklefs Ratschläge befolgen, sich von Sven trennen und ihren beruflichen Weg unbeirrt fortsetzen. Und sie würde den von Sven so geschmähten Artikel schreiben. Denn jetzt endlich wusste sie, wie sie ihn beginnen sollte:

„Fernab der eingetretenen Touristenpfade findet der aufmerksame Sylt-Besucher eine Vielzahl von Orten, die seine Aufmerksamkeit lohnen. Einer davon ist der ‚Friedhof der Heimatlosen' in Westerland. Fast unauffällig in der Elisabethstraße gelegen wartet er auf solche, die nicht achtlos an ihm vorübergehen. Denn die Stätte und die Menschen, die dort begraben sind, haben viele Geschichten zu erzählen. Man muss ihnen nur aufmerksam zuhören ..."

Freier Fall

Walter M. Dobrow

15 Uhr 10. Dreitausend Meter über Westerland

Mein Herz klopft wie wild. Gleich ist es so weit. Harry sieht mich an. Er hat mich ausgebildet. Sechshundert Sprünge hat er gemacht. Ich zwanzig. Dies ist mein erster freier Fall. Das heißt, ich muss selbst den Schirm auslösen. Nicht wie sonst automatisch.

„Fünfzehnhundert! Nicht tiefer!", sagt Harry noch mal nachdrücklich. Eigentlich brüllt er es, denn das Triebwerk der Cessna Caravan und das Pfeifen des Fahrtwindes an der offenen Kabinentür sind enorm laut. Er klopft auf den Höhenmesser, der auf dem Notschirmbündel vor meiner Brust angebracht ist. Ich nicke. Theoretisch ist mir alles klar. Der Pilot dreht sich um und gibt das Zeichen.

Oh scheiße ...!, denke ich und springe.

Elfi hat mir das angeschnackt. „Du solltest das auch mal versuchen. Ist so toll", hat sie gesagt. Sie hat vor fünf Jahren einen Känguru-Sprung gemacht. Mit Harry. Vor seinen Bauch gebunden ist sie mit ihm zusammen von oben der Erde entgegen geschwebt. Elfi muss immer so extreme Sachen ausprobieren. Also hab ich's auch mal versucht und jetzt ...

Zweitausendsechshundert Meter über Westerland

Ich versuche alles richtig zu machen. Gerade halten. Beine leicht gespreizt, Arme ausgestreckt. Man kann ein bisschen steuern durch Anziehen oder Ausstrecken der Gliedmaßen. Echt toll. Ich schau nach oben. Der Flieger ist noch ganz nah und Harry springt gerade. Wird mich begleiten auf meiner Reise. Ich schau mich um. Sylt sieht aus, wie es auf der Postkarte aussieht. Oben der Haken von List. Unten Hörnum. Der Hindenburgdamm. Ich sehe Esbjerg im Norden und die Raffinerien bei Heide. Kopf drehen. Da, im Dunst ... ist das etwa Helgoland?

Harry kommt näher. Er weiß, wie man die Fallgeschwindigkeit variiert. Zweitausendsechshundert Meter zeigt der Höhenmesser. Der Stoff an den Ärmeln meiner Kombination flattert und der Fahrtwind treibt mir Falten auf die Wangen unterhalb der Brille. Sehe wahrscheinlich aus wie ein Basset. Harry hat mir gesagt, dass die physikalische Endgeschwindigkeit für mein Gewicht bei normaler Fluglage etwa zweihundertvierzig Stundenkilometer beträgt. Ich glaube, die habe ich jetzt. Ein Schiff fährt durchs Wasser vor Hörnum. Schön vor dem Keil des Kielwassers.

Die Erde ist eine Schichttorte. Grün und blau und darüber die Schlagsahne. Die Wolken.

Elfi und ich sind doch wieder nach Sylt gefahren. Ich wollte nach Kroatien. Mal was anderes, aber Elfi hatte schon gebucht, ehe ich einen Durchsetzungsversuch machen konnte. Ist ja auch schön, die Insel. Ich gehe gern golfen oder nur mal schön radeln nach List zu Gosch. Fischbrötchen de luxe und Pinot Grigio. Elfi hat auch so ihre Standards.

„Ich geh 'ne Runde Tennis spielen", sagte sie gestern und ich sah ihr nach. Ihre schlanken Beine, die aus dem kurzen Tennisrock wuchsen, ihr blonder Pferdeschwanz, der beim Gehen von links nach rechts schwang ... Tolle Frau habe ich, dachte ich und las weiter die „Süddeutsche".

Der Fallschirmkurs bei Harry war ein Geschenk von ihr. Zu meinem Fünfzigsten. Wir treffen Harry jedes Jahr seit diesem Känguru-Sprung. Er kann Elfi irgendwie nicht ansehen, wenn wir zu dritt an einer Bar was trinken. Mag sie wohl nicht, glaube ich. Na ja.

Zweitausend Meter über Westerland

Ich drehe mich wieder etwas. Esbjerg ist verschwunden. Heide auch. Dafür sehe ich klarer. Kein Dunst mehr. Niebüll scheint ganz nah und dahinter Dagebüll, wo die Schiffe nach Wyk und Amrum abfahren. Da furcht ein Kutter mit ausgebreiteten Netzen durchs Wasser. Ich werde nachher frischen Fisch im Hotel „Stadt Hamburg" essen. Wieso denke ich jetzt an Essen? Ich muss mich konzentrieren. Wo ist der Höhenmesser? Die Nadel vibriert und fällt. Gleich wird es so weit sein. Muss nur den roten Griff vor meiner linken Brustseite ziehen. Der Rest wird sein wie gewohnt. Der Ruck, wenn der Schirm sich öffnet, ist immer unangenehm, aber ich habe darauf geachtet, dass die Gurte gut sitzen. Einmal hat es mir fast die ... zerdrückt. Da ist was in meinen Augenwinkeln. Überrascht sehe ich Harry, der da neben mir schwebt und mich so komisch ansieht.

Elfi spricht nie über Harry. Sie mag ihn wohl auch nicht. Vor ein paar Tagen waren wir bummeln in Westerland und sahen ihn von Weitem. Er hatte eine Frau am Arm und Elfi drückte mich in ein Café und ihre Hand in meiner war ganz krampfig. „Was ist denn?", fragte ich und sie sagte: „Da kommt dieser Harry. Den muss ich jetzt nicht haben!"

Wir hatten einen seltsamen Abend. Elfi ließ sich volllaufen. Ungewöhnlich schnell. Ich brachte sie nach Hause und dann ... So was hatte ich lange nicht mehr. Nach dem Frühstück ging sie wieder Tennis spielen und ich konnte nicht auf sie warten. Musste los zum Flugplatz, aber dann musste ich dort warten, denn Harry verspätete sich und sah ganz erschöpft aus. „Hat dich 'ne Frau fertiggemacht?", frotzelte ich und dachte an die von gestern und er sah mich so komisch an und sagte nichts ...

Fünfzehnhundert Meter über Westerland
Harry sieht mich an. Ich schau mich noch mal um. Da ist der Hörnumer Leuchtturm tief unten. Die Insel ist größer geworden. Unter mir der Flughafen. Ein Airbus der „Air Berlin" steht da an der Startbahn. Muss warten, bis Harry und ich sicher unten sind. Man stelle sich so was mal in Frankfurt vor. Ginge gar nicht, aber hier ist Westerland und der Airbus ist einer von nur Fünfen am Tag.

Elfi brachte uns zuerst nach Sylt. Wir wohnten damals in Frankfurt und ich brauchte dringend Urlaub. Ich meine, so richtig Urlaub mit Nichtstun und am Strand liegen. Ärztlich verordnetes Stressverbot. Viele Kinder gab's da am Strand. Wir haben keine. Keine Ahnung warum, aber den ganzen Untersuchungskram wollten wir auch nicht und nun war das eben so. Ich hatte mal was mit meiner Sekretärin und die wurde schwanger. Hab ihr die Abtreibung bezahlt und sie gefeuert. Lange her. Elfi war, glaube ich, immer treu. Kann man doch erwarten, oder? Ich verschaffe ihr wahrhaftig ein schönes Leben mit allem Drum und Dran.

Oh shit! Zwölfhundert!
Schön war das, der freie Fall und so. Hab gar nicht bemerkt, wie schnell das ging. Na gut, dann woll'n wir mal das „Bettlaken" öffnen. Ich lege die Hand um den Griff und bereite mich auf den Öffnungsstoß vor. Jetzt!

Verblüfft sehe ich den Griff an. Ich habe ihn ganz herausgezogen, aber irgendwie ... Ich ziehe noch mal mit aller Kraft! Warum geht der Schirm nicht auf?

Harry sieht mich an und ich schreie ...

Tausend Meter über Westerland

Ich versuche cool zu bleiben. Das ganze Rütteln und Ziehen hat nichts gebracht. Durch die Bewegung bin ich aus dem Gleichgewicht und drehe mich dauernd. List oben, List unten. Hörnum, Westerland, Flugplatz ... Wasser ... Land ... Himmel ...

Der Notschirm!, denke ich. Ich habe ja noch den Notschirm vor der Brust. Rechts ist der Griff. Wie hoch? Unter tausend. Verdammt, geht das jetzt schnell. Wie groß der Flugplatz ist. Daneben der Golfplatz. Nachher kann sich Harry aber auf was gefasst machen. Er hat gestern für mich den Schirm gepackt, weil Elfi Stress gemacht hat von wegen: „Ich habe Hunger! Komm schon." Hat mir versichert, dass alles hundertprozentig in Ordnung ist, der Blödmann!

Andere wären jetzt vielleicht schon in Panik, ich bin seltsamerweise ganz ruhig. Neben mir taucht Harry auf und grinst.

Wieso grinst Harry?

Ich ziehe den Griff des Rettungsschirms. Er ist kleiner und die Landung wird bestimmt hart. Höchste Eisenbahn! Ich ziehe also ...

Elfi war heute Morgen irgendwie komisch. Dabei wollte sie doch, dass ich diesen Freifallkurs mache. „Bist du sicher, dass du das heute machen willst?", hat sie beim Frühstück gefragt und dabei ganz blass ausgesehen. Dann ist sie zum Tennisplatz gefahren. Anfassen durfte ich sie auch nicht so recht. Sie wollte nicht mal mitkommen, aber darauf habe ich bestanden. War ja schließlich ihre Idee, dass ich den Kurs mache. Dann will ich auch gelobt werden nach der Landung.

Nächsten Montag geht's zurück nach Frankfurt ins Hamsterrad. Bis zum nächsten Urlaub.

Dreihundert Meter über Westerland

Ich kann nichts mehr tun.

„Ich kann nichts mehr tuuuun!", will ich schreien, aber kein Ton kommt. Der Fahrtwind drückt mir die Kehle zu. Ich sehe nach oben. Da schwebt Harry an seinem Gleitschirm. Rot und blau und oben und scheint mich mitleidig anzugrinsen ... und ich begreife endlich. Die ganze Komödie. Harry und Elfi. Und ich arme Sau ...

Ich suche den Boden ab, der nur noch Sekunden entfernt ist und immer größer wird. Da steht Elfi in ihrer blauen Jacke und sieht zu mir hoch. Hand vorm Mund. Na? Schlechtes Gewissen? Musst du kotzen?, schießt es mir durch den Kopf.

Die ganze Zeit ... Wie lange schon?

Ein bisschen kann man lenken, hab ich gelernt. Der Boden kommt näher. Ich drehe auf sie zu. Ich werde ihr vor die Füße knallen. Vielleicht treffe ich sie sogar?

Das Gras ist so grün. Müsste mal gemäht werden. Elfis Augen – riesengroß. Sie schreit!

Ich werde ...

Emma und Jo

Ingeborg Backhaus

„Komm Emma, wir müssen los", sagt Jonathan zu seiner Frau. „Ich spüre den Frühling in meinen Federn."

Emma ignoriert ihn und pickt genüsslich weiter an dem Müllbeutel, den sie gerade entdeckt hat und dessen Inhalt recht verheißungsvoll zu sein scheint.

„Wirklich, es ist Zeit für uns, wieder gen Norden zu ziehen. Komm mit mir und ich erkämpfe für dich das schönste Dach in Westerland."

Aus seinem Schnabel kommt ein eindringliches und dennoch liebevolles Gurren. „Wir wollen doch ein schönes Zuhause finden, wo du in Ruhe deine Eier legen kannst. Hier in Münster auf der Müllhalde sind wir nur zum Überwintern."

Er steht jetzt ganz nah bei ihr, so dass die anderen Möwen ihn nicht hören können. „Ganz ehrlich, mir fehlen das Meer und der Strand mit all den Menschen. So eine leckere Eiswaffel aus der Hand eines Kindes – das ist doch was Schönes!"

Emma reagiert wieder nicht. Sie ist hoch konzentriert, beschäftigt mit dem Sortieren des Beutelinhaltes. Genervt schlägt sie ihre schlanken Flügel ein paar Mal senkrecht in die Höhe und hüpft zur Seite. Ein Zeichen, dass sie allein sein will. So weit kennt Jonathan seine neue Liebste schon. Emma ist nämlich seine zweite Frau. Letztes Jahr kam seine erste Partnerin tragisch zu Tode. Dummerweise hatte sie eine kleine, wohlriechende Plastiktüte mitsamt leckeren bunten Bären heruntergeschluckt. Elendig war sie verendet.

Jetzt aber ist Emma an seiner Seite und sie ist wunderschön. Als Jonathan sie das erste Mal vorbeifliegen sah, verliebte er sich gleich in ihre zwei schmalen schwarzen Streifen auf der Unterseite ihrer Flügel. Sie ist eine der wenigen Möwendamen, die dort ein komplett schneeweißes Federgefüge haben, verziert mit schmalen, schwarzen Querstrichen an den Flügelspitzen. Die meisten Damen haben graue oder schwarze Schattierungen bis zu den Achseln. Nein, Emma ist eine edle Schönheit. Selbst die grauen Federn an der Oberseite ihrer Flügel sind nicht nur einfach grau, sie glänzen silbergrau. Zu schön auch ihr hellgelber Schnabel mit dem orange leuchtenden Nasenrücken ... und ihre zarten Füße, ihre stechenden Augen. Jo kann sich gar nicht sattsehen. Er ist überglücklich, eine solch zauberhafte Frau zu haben. Jedoch ist sie jung, recht störrisch und will so gar nicht gehorchen – das nervt ihn schon.

„Emma, ich weiß, du bist noch unerfahren und es wird deine erste Zugvogelreise ohne deine Eltern sein. Aber glaube mir, wenn die Sonne einen hohen Bogen am Himmel macht, ist es höchste Zeit, an die Küste zu fliegen. Du wirst sehen, Sylt ist ein wahres Paradies für uns Möwen." Er dreht seinen Kopf und fixiert sie mit seinen Augen – nichts. Sie ist wie im Rausch. Beleidigt stapft er davon. Einige Meter weiter öffnet er ganz langsam seine Flügel, breitet sie demonstrativ in voller Breite aus. Aber Emma würdigt ihn keines Blickes. Da steht er nun mit seiner Mannespracht, den maskulinen, auf der Unterseite schwarzen Flügeln mit enormer Spannweite – und seine neue Frau ignoriert ihn. Ohne sich noch einmal umzudrehen, ruft er enttäuscht: „Wie du willst! Ich lasse dich jetzt allein! Wir treffen uns im Hamburger Hafen!"

Er schlägt vier, fünf Mal mit seinen großen Schwingen

und verschwindet hoch oben im Himmel.

Emma hat wohl bemerkt, dass er sie inständig gebeten hat mitzukommen. Jedoch hat sie nicht bemerkt, dass er losgeflogen ist. Plötzlich ist der Abfall gar nicht mehr wichtig. Ruckartig richtet sie sich auf und lässt ihren Kopf kreisen. Ihre Augen finden Jo nicht. Sie stößt schrille, herzzerreißende Töne aus, schlägt dramatisch mit ihren Flügeln.

Ich weiß doch gar nicht, wo ich hin soll. Bin doch auf Fehmarn geboren. Wie kann er nur so grausam sein? Ihre Gedanken überschlagen sich. Sie erhebt sich aufgeregt flatternd in die Lüfte und kreist in zwanzig Metern Höhe über der Mülldeponie. Keine der Möwen, die unten im Dreck picken, sieht aus wie ihr Jonathan. Sie zieht ihre Kreise breiter und höher. Ihre Flügel schlagen schnell und ineffektiv. Immer noch gibt sie ängstliche Schreie von sich. Die Möwen unter ihr fangen auch an zu kreischen. Sie wissen nicht, wieso Emma so panisch ist. Droht vielleicht eine Gefahr, die sie noch nicht bemerkt haben? Im Nu kreisen Hunderte lauthals zeternde Möwen umeinander.

Emma muss in dem Wirrwarr der vielen Flügel immer wieder den anderen Vögeln ausweichen. Wie ein Kamikazeflugzeug schießt sie mal senkrecht Richtung Erde, dann wieder mit einem Überschlag nach oben. Schnell ist sie von diesem gefährlichen Durcheinander überfordert und rettet sich auf den Boden. Sie sucht sich eine Mulde, lässt erschöpft ihre Beine einknicken und duckt sich tief. Sie ist perplex. Sie ist müde. Langsam schweben auch die anderen Möwen wieder bodenwärts und die alte geschäftige Ruhe kehrt ein.

„Na, Fräulein Schlaumeier?" Jonathans Stimme reißt sie aus dem Schlaf. „Bist wohl doch eine kleine Schisserine? Oder besser noch Rudiline Ratlos? Ich habe dich von ganz oben beobachtet. Du bist ja richtig ausgeflippt. Schätzchen, so geht das nicht." Jos Stimme wird ernst: „Haben deine Eltern dir nicht die vier Himmelsrichtungen beigebracht? Wie wir uns an der Sonne orientieren? Wie wir uns die Landschaften unter uns einprägen, um später die gleichen Routen zu fliegen?" Emma hüpft neben ihn und säuselt: „Dafür habe ich ja jetzt dich, mein liebster Jo."

„Morgen früh, bevor die Sonne über den Horizont kommt, sind wir beide in der Luft und fliegen nach Sylt! Okay?"

Emma nickt gehorsam.

Kaum sind die Menschengeräusche von den umliegenden Straßen und der fernen Stadt abgeklungen, da ist es schon Zeit aufzustehen. Beide schütteln ihre Federn durch, dehnen die Flügel, damit sie wieder gut durchblutet sind – fertig. „Auf und davon, meine mutige Emma. Fliege dicht hinter mir, so kann ich unterwegs Tipps und Tricks einer gelungenen Zugvogelreise erklären." Er hält ihr seinen Schnabel hin und sie reiben sich liebevoll vertraut die Schnäbel. Ruhig gleiten sie, den steten Rückenwind nutzend, in Richtung Nordwest.

Im Hamburger Hafen angekommen verweilen sie kurz bei den Fischerbooten. Irgendetwas wird sich schon zu fressen finden. Vor den Restaurants der Hafenpromenade finden sie nur Menschennahrung. „Gut – besser als gar nichts!", sagt Jo und stößt Emma die Pappschale mit den frittierten Fischstäbchen zu. Nach kurzer Rast schwingen sich beide in die Lüfte und fliegen entlang der Westküste Schleswig-Holsteins.

Der nächste Halt ihrer Reise, hinter Klanxbüll, ist an sich überflüssig. Denn von den feuchten Ebenen links und rechts des Hindenburgdamms sind die hohen Häuser von Westerland schon klar sichtbar. Aber Jonathan, der ein versierter Zugvogel ist, weiß genau, dass es nicht clever ist, bei Tageslicht in einer Stadt anzukommen. Besser ist es, im Schutz der Dunkelheit, ganz früh morgens, lautlos auf das anvisierte Dach einzuschweben und es in Besitz zu nehmen. Kommt es zu Streitereien mit schon zuvor angekommenen Möwen, so wird am Morgen bei einem sportlichen Kampffliegen eine Entscheidung erzielt. Aus Erfahrung aber weiß Jo, dass jedes Möwenpaar sich Jahr für Jahr immer wieder dasselbe Dach sucht. Die meisten Möwen auf Sylt halten sich an dieses ungeschriebene Gesetz. Dieses Jahr jedoch ist es anders. Seine Nachbarn wissen, dass seine Frau im letzten Jahr gestorben ist. Vielleicht nehmen sie an, denkt Jo, dass ich vor Gram gestorben bin oder aus Trauer nicht mehr nach Sylt komme. Zu Emma sagt er: „In Westerland könnte es für uns zu Auseinandersetzungen kommen. Deshalb bleiben wir heute Nacht hier im Wattgebiet. Morgen, ganz früh, folgst du lautlos."

Gesagt – getan. Als die Sonne über Morsum aufgeht, sind die beiden längst auf dem Flachdach im Serkwai gelandet. Die Möwennachbarn sind friedlich und man begrüßt sich mit lautstarkem Spektakel. Emma wird wohlwollend von der Gemeinschaft aufgenommen und sogleich wird ihr erklärt, wo man die besten Zweige für das zukünftige Nest findet. Noch bevor die Menschen morgens durch die Straßen eilen, fliegen beide zu den Dünen nahe der Sansibar, um Gestrüpp und Strandhafer für ihr Nest zu holen.

„Hier", erklärt Jo seiner Emma beim Anflug, „können wir manchmal Brotstücke aus der Luft fangen. Die Menschen, die auf der Terrasse sitzen, haben Spaß daran, mit uns zu spielen. Doch jedes Mal kommt ein Mensch aus dem Haus gerannt und ruft laut: ‚Schusch' und fuchtelt mit den Armen. Komisches Ritual, wenn du mich fragst! Früher, so erzählten meine Großeltern, haben wir Möwen unsere Nester hier in den Dünen gebaut. Heute aber lassen uns die Menschen und ihre Hunde nicht mehr in Ruhe brüten. Deshalb müssen wir uns auf den Dächern der Städte einrichten."

Mit den Schnäbeln voller Halme landen sie auf ihrem Dach im Serkwai. Jo zeigt Emma, welche die richtige, die dem Wind abgewandte Ecke für das Nest ist. Mit jedem arbeitsamen Flug und dem emsigen Gestalten des Brutplatzes kommen ihre Hormone in Wallung und die Erfüllung ihres Wunsches nach einem gesunden Küken rückt näher. Deshalb liebkost Jonathan Emmas Hinterkopf, springt ihr sanft auf den Rücken, will ihre Bereitschaft für die Paarung testen. Schreitet mit gesenktem Kopf um sie herum. Reckt ihr seinen Schnabel hin. Verliebt schnabulieren sich beide in Ekstase ...

„So, das wäre das!", meint Jonathan nach dem Akt, streicht sich mit dem Schnabel die Federn glatt und hüpft auf die Dachumrandung.

„Jetzt zeige ich dir die Umgebung." Er lässt sich vom Rand fallen und ruft Emma zu: „Allerbeste Lage, unser Zuhause, nicht wahr? Hier gleich in der Margarethenstraße – sehr wichtig – ist der Strandübergang für den Rettungswagen. Wenn du Sirenen hörst, musst du sofort hierher fliegen. Dann ist den Menschen ein Unfall passiert und bestimmt hat jemand vor Schreck etwas Essbares fallen lassen." Er schwebt hinüber zum Strand, gleitet über dem Bademeisterhäuschen auf Stelzen und warnt: „Versuche hier nie zu landen. Die Männer in den roten Hosen werden dich sofort scheuchen. Irgendwie bekommt ihnen das viele Sitzen nicht – auch sie wedeln immer so mit den Armen. Irgendwie scheint das eine Krankheit hier auf Sylt zu sein."

Lässig, mit wenigen Flügelbewegungen, schlägt er einen

Haken über den Köpfen der Menschen auf dem Sandstrand. Emma versucht seinen Richtungsänderungen zu folgen und eilt ungeschickt hinterher. Sie krächzt: „So warte doch, Jonathan, das geht alles viel zu schnell!" Jonathan zieht im Flug seine mächtigen Schwingen hoch, spreizt die Federn des Schwanzes zu einem Fächer, macht eine Punktlandung auf der Reling neben der Musikmuschel. Emma hat so kunstvolle Präzision noch nicht gelernt, schießt über den Balken hinaus und plumpst zwischen die Touristen. Begleitet vom Gelächter der Menschen muss Emma noch eine Runde fliegen, bis sie neben Jo auf der Reling landet.

„Meine kleine Kunstfliegerin, dieses offene Haus ist auch sehr interessant für uns", lacht Jo. „Zweimal am Tag kommen angenehme Töne aus diesem Muschelgebäude. Dann sitzen dort drüben viele Menschen und lauschen. Ist die Musik zu Ende, verschwinden alle und wir können sofort zwischen den Sitzen nach Essensresten suchen."

In diesem Moment laufen junge Menschen vorbei. Sie lachen, springen umher, lecken an ihren Eiswaffeln. Blitzschnell ist Jonathan über dem Kopf eines Mädels, reißt ihm die Waffel aus der Hand. Genauso schnell ist er wieder hoch in der Luft, landet lässig auf dem Dach der Musikmuschel. „Emma, komm zu mir!", lockt er sie mit dem Fang im Schnabel. „Habe ich dir nicht gesagt, Sylt ist ein Paradies für Möwen?"

Während beide genüsslich das süße Gebäck zerfetzen, hören sie plötzlich großes Möwengezeter aus Richtung ihres Daches. Schnell fliegen sie nach Hause und wahrlich – ist doch ein weißhaariger Mensch auf das Dach gekommen, um ihr Nest zu beseitigen! Lauter als sonst kreischt Jonathan über die Dächer: „Ich brauche Hilfe hier! Mein Eigentum wird zerstört!" Alle Möwen aus der Nachbarschaft sind plötzlich in Aufruhr. Spontan bildet sich ein Schwarm von Angreifern. Tumultartiges Gekreische aufgebrachter, attackierender Möwen. Ohrenbetäubender Lärm. Jo ruft das Kommando: „Ihr wisst, was ihr zu tun habt? Attacke mit Kacke!"

Das Geschrei wandelt sich in das typische Lachen der Möwen, als der Mann auf dem Dach verzweifelt zu flüchten versucht, mit seinen Händen wild über dem Kopf wedelnd ... denn alle Vögel lassen gezielt und zeitgleich ihren Kot auf den Mann niederprasseln.

Das laute Gackern über den Dächern ebbt ab und alle Möwen kehren selbstgefällig zu ihren Nestern zurück. Auch Jo begleitet seine Emma zu ihrem Nest. Sie hockt sich hin und schaut stolz zu ihm auf.

„Siehst du, Emma, wie ein kleiner Klacks von den Möwen eine so große Wirkung bei Menschen hat", prahlt Jo. „Wir Möwen halten fest zusammen!"

Blau

Jacqueline Reese

Die Touristen hatten sich wie jedes Jahr um diese Zeit zurück in ihre grauen Betonstädte und ihr Alltagsleben begeben, in ihre Leben mit all den Alltäglichkeiten, den verborgenen Wünschen und Hoffnungen, mit ihren Ängsten und Erwartungen. Er war froh, hier sein zu dürfen, hier konnte er atmen, seinen Blick in die Ferne schweifen lassen, hier konnte er malen, hier konnte er sein.

Phasen tiefster Depression hatten zunächst noch diejenigen größter Kreativität abgelöst, in denen die blauen Bilder aus seiner Seele flossen wie die Wasser der Insel an die Küste, wo sie in die Unendlichkeit des Meeres mündeten.

Dann, ganz unerwartet, hatte sich Heilung eingestellt, die Heilung seiner verletzten Seele, und er war erfolgreich gewesen, hatte seine Bilder verkaufen können, hatte leben können von dem, was er, der beliebte Maler, an die Schönen und Reichen der Insel verkaufen konnte.

Es war insbesondere das Wasser, das ihn in seinen Bann gezogen hatte. Als er das erste Mal hier an die Küste bei Wenningstedt gekommen war, war er überwältigt worden von der Offenheit, dem Geruch und den Farben, von der Schönheit der Farbnuancen der Nordsee, die von Grau-, Blau- und Grüntönen bis hin zu Schwarz reichten. Und so hatte die Natur Sylts Schritt für Schritt von ihm Besitz ergriffen, so wie er, der Maler, dieses alte Bauernhaus erobert hatte, dieses wunderschöne alte und Geschichten erzählende Gemäuer mit einer Seele, welches er dank einer guten Fügung des Schicksals von einem entfernten

Verwandten zu seiner Verwunderung vor einigen Jahren geerbt hatte. Und so war er, der früher Heimatlose, nun heimisch geworden, hatte sich in seinem noch im uthland-friesischen Bauernstil errichteten Kleinod eingerichtet und hatte allen Versuchungen widerstanden, es zu einem Spekulationsobjekt der Immobilienhaie werden zu lassen. Die Wasserwelt um ihn, sie war in ihn eingedrungen, und bei Abwesenheit oder in einsamen durchwachten Nächten gelang es ihm, durch meditative Konzentration, einer inneren Notwendigkeit folgend, den satten Geruch seiner Insel aufzurufen. Sie war für immer in ihm, und auf seinen Reisen, die ihn an jeden Ort der Welt führten, waren ihm immer wieder Variationen des ersten Stückes gleich einer musikalischen Komposition begegnet, er hatte andere Küsten, andere Meere gesehen, doch auch dann blieb das ersterlebte Thema dominant und das Einzig-artige der Dünenlandschaft auf dem Roten Kliff hatte sich für immer in sein Gedächtnis der Sinne eingeprägt: Farben waren gespeichert, Gerüche waren eingezogen in seine Erinnerung und auch seine Hände waren verwöhnt worden von den unterschiedlichsten Formen und Materi-alien. Steine, Muscheln und anderes Strandgut waren ihm oft Botschafter gewesen, wenn er diese auf seinen langen Strandspaziergängen berührt hatte.

Und er suchte sie auf, die besonderen Orte, die alten Steine der uralten Gräber, den Denghoog ganz in seiner Nähe oder den Harhoog am Keitumer Kliff. Kraftorte, die ihm guttaten und ihn zu rufen schienen, dann, wenn er nicht schlafen konnte in der Nacht. Er liebte den aufkom-menden Herbst und auch den Winter, denn nun wurden nicht nur die Strände langsam leerer, das Meer begann wieder mit ihm zu sprechen. Es war, als würde das Wasser rings um ihn herum aus einer Art Dornröschenschlaf erwachen, immer kräftiger und wilder schlugen nun die Wellen an die Küste, erste Stürme kündigten sich an, und nicht nur das Wasser, auch der Himmel veränderte ständig seine Farben und formte Wolkengebilde, die in immer schneller dahinziehenden Formationen seine Fantasie beflügelten.

Es war schon spät und er war unterwegs auf seiner Insel. Das Meer grüßte ihn mit einer frischen Brise und er schmeckte das Salz auf den Lippen und genoss den Abendgruß des Wasservaters. Die Wildgänse waren längst weitergezogen auf ihrem Weg in den Süden, fast konnte er den kommenden Winter schon riechen.

Er hob einen Arm und streckte seine Hand dem starken Westwind entgegen, fast zärtlich streichelte die kühle Luft die Innenseite seiner Hand, dem Vorspiel eines Liebesaktes gleich, er erschauerte und fühlte das Leben bis in die letzte Faser seines Körpers. Vor sich sah er das Meer und hinter sich den markanten Leuchtturm auf dem Roten Kliff, der immer im Wechsel der Tageszeiten auf Regen, Sonne oder die Schatten der schnell und tief vorbeiziehenden Wolken zu warten schien, um so jedes Mal in ein anderes Licht, eine andere Farbe getaucht zu werden. Je nach Tageszeit erschien das Szenario golden, blau oder grau, doch das Blau war ihm am liebsten, denn in schlaflosen hellen Mondnächten vermochte es ihn zu beruhigen, gestattete es ihm, sich in seinen Gedanken auf die Reise zu begeben, eine Reise über das Meer, das er so liebte. Dies war sein Lieblingsort, wenn die Touristenströme verklungen waren. Seine Träume, Fantasien, sein gelebtes und ungelebtes Leben, alles vereinte sich hier und bildete das Zentrum seines Seins.

Es war gut. Er hatte den Geschmack des Meeres auf seinen Lippen gekostet und es war Zeit zurückzukehren, das Gesehene zu verarbeiten und die Farben auf der Leinwand zerfließen zu lassen. Die Dämmerung lag bereits über dem Meer und in der Ferne konnte er jetzt die Dunkelheit ausmachen, die sich nun schrittweise der Küste näherte und sich wie ein feines dunkles Samttuch über das Land, über die Dünen, die Braderuper Heide und die Behausungen der Menschen legen würde.

Er freute sich auf eine heiße Tasse starken Tees. Auf seinem alten Kochherd aus den zwanziger Jahren des letzten Jahrhunderts hatte er immer eine alte Emaillekanne stehen, die ihn stetig mit dem Gebräu versorgte, das er tagtäglich liebend gern heiß und mit viel Zucker in sich hineinschüttete. Er liebte das Bernsteinfarbene des Getränkes, wenn er sein Teeglas gegen die Flammen seines offenen Kamins hielt und an langen Winterabenden stundenlang in das Feuer starrte.

Sein altes Häuschen begrüßte ihn mit einer wohligen Wärme und der Geborgenheit, auf die er sich innerlich bereits eingestellt hatte. Er wusste, nicht nur der Tee, auch Farben und Pinsel würden auf ihn warten, jungfräuliche, weiße, unbefleckte Leinwände, die er mit den gesammelten Bildern des Tages zu füllen gedachte.

Getrieben von seinen Eindrücken und einer inneren Unruhe hatte er fast die ganze Nacht über gemalt. Und dann, dann war sie so leise gekommen und in das Haus getreten wie der feine Nieselregen des Morgens, der fast unbemerkt und lautlos das Küstenland überzogen hatte. Er lag noch im Bett, müde von seinen Albträumen und den Wirrungen der Nacht, als er schlaftrunken ihre Anwesenheit bemerkte: Sie saß im Sessel neben dem Feuer, noch haftete die Feuchtigkeit und Kälte des Morgens an ihrer Kleidung, einige Tropfen Wasser, mit dem Duft des Meeres behaftet, hingen in ihrem kastanienbraunen Haar, das sie sich nun mit einer ihm wohlbekannten Geste aus dem Gesicht strich. Er rieb sich die Augen, fürchtete eine Sinnestäuschung, es konnte nicht sein, nein, doch dann bemerkte er den Atemhauch, der von ihr in der klammen Kälte des Morgens ausgestoßen wurde. Sie hatte sich in eine Decke gehüllt und blickte ihn an.

„Ich wollte keinen Lärm machen." Sie hatte diese Worte so selbstverständlich gesagt, als hätte sie die letzten Tage mit ihm in diesem Haus zugebracht.

„Wie hast du mich gefunden? Es ist eine Weile her." Seine Stimme hörte sich ein wenig unsicher und brüchig an. Er fühlte sich überrumpelt und ertappt wie ein kleines Kind, das sich in einer Höhle oder unter einem Tisch verkrochen hatte, um von den Erwachsenen nicht gesehen zu werden. Irgendwo war sein Pfad verloren gegangen ... Was passierte nur um ihn herum?

„Ja, ich bin hier. Ich finde, es ist Zeit. Zeit für uns. Ich bin des Wartens müde."

Er erhob sich und zog sich den alten Wollpullover über, den er die Nacht zuvor achtlos über einen Stuhl geworfen hatte. Wie automatisch verrichtete er die notwendigen Handgriffe, deckte den Küchentisch, füllte den Kessel mit Wasser und schnitt ein paar Scheiben des frischen Brotes ab, welches er von einer Nachbarin aus einem der nahe gelegenen Häuser immer wieder bekam. Eine Schale selbst gemachte Marmelade aus den Früchten des letzten Herbstes, gelbe, salzige Butter und ein paar Rühreier war alles, was er momentan zu bieten hatte. Er schlug das Ei und rückte die gusseiserne Pfanne auf dem alten Herd zurecht, in dem ebenfalls noch das Feuer vom Vorabend glomm und auf dem wie immer ein Kessel mit heißem Wasser für den schweren, dunklen Tee vor sich hin köchelte. Die Vorbereitungen der Mahlzeit lenkten ihn ab, jedoch konnte er es nicht verhindern, dass er in sich hinein horchte, welche Gefühle sich in ihm regten.

„Ich hab schon ganz vergessen, wie einsam das hier sein kann. Gehst du immer noch hinunter zum Meer?", wollte sie nun von ihm wissen.

Das Meer, daran wollte er nun nicht denken. „Ja, manchmal." Er verschwieg die Wahrheit und wusste, dass es ein Fehler gewesen war, denn sie hatte die Lüge in seinen Augen sofort gesehen. Wie seltsam, dachte er, sie kennt dich leider nur zu gut. Sie kennt deine Unruhe und deine Leidenschaft für das Meer.

„Erinnerst du dich noch an das Boot?"

Er wollte diese Frage nicht gehört haben, nein, er wollte nicht. „Habe ich vergessen."

Sie war aufgestanden und bewegte sich nun in Richtung seines Ateliers, das sich wie ein Wintergarten im hinteren Teil der Kate befand. Sie soll die Bilder nicht sehen, durchfuhr es ihn, doch es war zu spät. Er hörte sie lachen.

„So, du malst also nur in Blau, ich dachte, du hättest auch ein lebendiges, warmes Blutrot in deinen Bildern. Ist es nicht die Farbe, die du immer noch in deinem berühmten visuellen Gedächtnis hast, ein warmes Blutrot? Eigentlich müsste es so sein! Es ist noch nicht so lange her."

Das Atmen fiel ihm schwer. Warum war sie gekommen? Ausgerechnet jetzt?

„Es sind deine roten Landschaften, die du vergessen willst, nicht wahr, sie sind in dir und lassen dich nicht schlafen."

„Ich habe dir doch gesagt, ich male nicht in Rot, du siehst, hier ist alles blau. Das Meer, der Himmel, alles blau."

„Und, was ist mit denen da?" Sie war vor ihn getreten und hatte mit einem leichten Kopfnicken hinaufgedeutet zum Dachboden des Hauses. „Ich frage dich, was ist mit den Bildern da oben?"

Nichts, es gibt nichts da oben, sie kann es nicht wissen, niemand weiß es, niemand ist hinaufgegangen, schon lange nicht mehr ...

„Ich erinnere mich an die Holztreppe, ich glaube, es waren zweiundvierzig Stufen, nicht wahr? Ich habe sie gezählt, jede einzelne von ihnen, damals ..."

„Es kann sein. Warum bist du gekommen?"

„Ich wollte dich erinnern. Es ist fast ein Jahr her. Bald werden sie es finden und es sehen, das Rot."

„Sie werden nichts finden, nichts ..."

„Geh hinauf und sieh selbst, du wirst sehen, alles ist noch so, wie du es verlassen hast, damals."

Er wollte nichts mehr hören. Sie soll wieder gehen, gehen, sie ist nicht da, ich träume nur, alles nur ein Traum ...

Ja, er würde nachsehen gehen, die alte Holzstiege hinaufgehen. Doch der Schlüssel: Wo hatte er den Schlüssel gelassen? Es dauerte eine Weile, bis er ihn in einer alten Teeblechdose fand. Für einen Moment verharrte er vor der Treppe und lauschte in die Dunkelheit und die Stille der Nacht. Nichts, hier ist nichts, niemand ist hier ... Für einige Minuten hallten seine stetigen, langsamen, festen Schritte auf dem alten Holz durch das Haus. Das Rot war hier. Es war überall, nicht auf den alten Holzdielen, nein, es hatte auch seine weißen Leinwände befleckt. Der ganze Raum schien erfüllt von dieser unaussprechlichen Farbe, alles war in Rot getaucht, einfach alles, und wohin er auch blickte, die Farbe, die er all die Zeit verdrängt hatte, war um ihn, schloss ihn ein, drang in sein Bewusstsein und entlockte ihm einen lauten verzweifelten Schrei. Alles um ihn herum verschwand, die Wände schienen sich um ihn zu drehen, oder war er es gar selbst, der immer wieder um seine eigene Achse wirbelte ...?

Später, als er halb bewusstlos, verstört und schwer atmend am Boden lag, konnte er sie hören, ihre Schritte, wie sie langsam die alte Holzstiege hinaufstieg, Stufe für Stufe, so wie damals. Das Herz schlug ihm bis zum Hals, als er sich mühsam aufraffte. Es war eine Vision, ja eine Vision, das musste es sein. Er würde hinausgehen und noch einmal hinüberblicken über das dunkelblaue Meer, über sein Blau, dass er für immer in sich trug und das er so geliebt hatte.

Aus der Tagespresse: Holsteinischer Courier vom 26.11.2012:

Am Montagmorgen gegen elf Uhr wurde in den Dünen unterhalb des Kampener Leuchtturms auf dem Roten Kliff die Leiche des bekannten Kunstmalers R. entdeckt. Offensichtlich hat sich der Künstler von der Plattform des Leuchtturms gestürzt. Unklar ist, wie ihm unbemerkt der Zugang gelingen konnte. Hinweise in der Galerie und insbesondere auf dem Dachboden im Hause des Malers führten die Polizei auf die Fährte der vor zirka einem Jahr verschollenen ehemaligen Lebensgefährtin des Malers. Damals ging man von einem Segelunfall aus.

Offensichtlich haben dargestellte Motive auf über hundert Leinwänden die Ermittler zu der Annahme gebracht, dass R. seine ehemalige Partnerin zunächst auf dem Dachboden ermordet und anschließend den Leichnam mit dem ebenfalls vermissten Boot des Paares in der Nordsee versenkt hat. Die Kriminalpolizei und die Wasserschutzpolizei haben die Ermittlungen aufgenommen. Nach dem verschollenen Boot wird intensiv vor der Küste Sylts gefahndet.

Was in der Schale bleibt

Dr. Zusanna Maurer

„Susiiii...!", rief mein Vater. Als ich in den Garten rannte, konnte ich ihn noch sehen. Er stand neben dem alten dunkelblauen Audi und rief meinen Namen. Das Auto war bis zum Dachhimmel vollgepackt. Wir wollten in die Ferien – zwei Wochen Sylt. Als Fünfjährige konnte ich mir das Meer und den Strand noch nicht so richtig vorstellen. Die Bilder, die ich in den Zeitschriften gesehen hatte, die vielen Wellen und weißen Schaumkronen ... das hatte etwas Exotisches für mich.

Meine Haare waren wie immer zu schönen Zöpfen geflochten, auch an jenem Tag, und ich suchte mir für die Reise das weiße Seidenkleid aus. Aschenputtel, meine Lieblingspuppe, trug ein ähnliches Kleid und sollte mit auf die Reise. Mein Vater hatte mir seine Fassung des Märchens „Aschenputtel" schon oft erzählt. Sie ähnelte sehr der normalen Version, nur fand Aschenputtel ihre Kleider für den Festball in Walnüssen. Ich musste deshalb noch schnell in den Garten, weil mein Aschenputtel ihre Ballkleider auch aus den Nüssen brauchte.

„Susiiii ... wir fahren ohne dich ...!", hörte ich meinen Vater wieder rufen. Seine Stimme klang ernst, aber ich wusste, dass er lachte.

Schnell sammelte ich die drei Walnüsse. Sie waren in ihre dunkelbraunen Schalen mit dem rauen, rilligen Muster gehüllt. „Ich schäle sie später für dich", flüsterte ich Aschenputtel zu, steckte die Nüsse in die Tasche meines Kleides und rannte zum Auto. Die Fahrt begann.

Ein paar Stunden später hörte ich die Stimme meines

Vaters: „Susi, wach auf, wir sind da!"

Ich blinzelte und schaute schlaftrunken aus dem Fenster.

„Du hast die Fahrt mit dem Autozug verschlafen!"

„Oh!" Ich war traurig und versprach mir, auf der Rückfahrt nicht wieder einzuschlafen.

Meine Eltern lachten mich an. Wir standen vor einem Haus in Westerland auf Sylt, das wir für zwei Wochen gemietet hatten. Genauer gesagt, ein Haus, das „Sylter Deichwiesen" hieß. Ich wollte losrennen, wollte endlich das Meer sehen. Aschenputtel durfte natürlich nicht fehlen.

„Stopp, stopp, was sind denn das für Flecken?" Meine Mutter lachte nicht mehr. Ihre rot angemalten Lippen waren plötzlich nur noch ein Strich. Wie schön war meine Mutter, wenn sie lachte, doch jetzt hatte ich Angst. Ich presste Aschenputtel an meine Brust und kämpfte mit den Tränen. Verschämt senkte ich meinen Blick an meinem Kleid entlang nach unten und sah, was passiert war. Die Nüsse hatten die Seide dunkelbraun, fast schwarz, verfärbt.

„Sie wusste das nicht, sie ist doch noch klein", mischte sich mein Vater ein. Er rettete mich. Wie jedes Mal.

„Zeig mir, was du in der Tasche hast", flüsterte er mir zu.

Ich nahm die drei Nüsse heraus. „Die sind für meine Puppe. Sie braucht sie für den Ball ..."

„Schmeiß die Nüsse weg!", befahl mir die strenge Stimme meiner Mutter.

Jetzt weinte ich wirklich. Die Tränen strömten über meine Wangen wie ein plötzlicher Sommerregen.

„Komm, Susi, wir werden die Nüsse hier im Garten gut verstecken", meinte mein Vater, „damit sie dein Aschenputtel später finden kann."

Ich hörte sofort auf zu weinen, wischte mir die Tränen aus dem Gesicht und nahm seine Hand. Sie war sehr groß und meine verschwand fast gänzlich darin. Fröhlich versteckten wir die Nüsse zwischen den Büschen und der Urlaub auf Sylt konnte beginnen.

Nach den Ferien kam mein erster Schultag! Ich war sehr stolz und aufgeregt. Das weiße Kleid war damals in die Reinigung gebracht worden und die braunen Flecken von den Nüssen waren danach verschwunden. Okay, nur fast. Wenn man von den Flecken wusste, waren sie sichtbar. Wie kleine Schatten im Stoff. Somit blieben die Nüsse, die auf Sylt geblieben waren, irgendwie doch noch dabei. Meine Puppe Aschenputtel legte ich in den neuen Schulranzen. Sie musste in meiner Nähe bleiben.

Mein Aschenputtel war nach meinem ersten Unterricht also bei mir, als ich von meiner Tante abgeholt wurde.

„Wo ist Papa?", wollte ich wissen. Jede unvorhergesehene Situation machte mir Angst. Er sollte mich abholen, nicht meine Tante.

„Susi, Papa musste zum Arzt. Aber es geht ihm wieder gut. Okay?"

Ich konnte mir das nicht vorstellen. Papa krank? Als ich krank gewesen war, hatte ich Fieber und Halsweh gehabt und musste eine Woche im Bett bleiben. Damit war es dann erledigt. Papa hatte wahrscheinlich auch dieses Fieber und die starken hässlichen Schmerzen im Hals. So erklärte ich mir die Situation, so ergab es einen Sinn für mich.

Es war aber anders. Kurz darauf tauchte ein Wort auf, das fortan immer wieder hinter meinem Rücken geflüstert wurde: „Krebs". „Krebs", sagte meine Mutter leise zum Nachbarn. „Krebs", wisperten meine beiden Tanten an der Kaffeetafel. Alle dachten, ich höre es nicht, aber das stimmte nicht – ich hatte mir das Wort gleich gemerkt. Es besaß so etwas wie Magie – von dem Wort ging eine Strahlkraft aus, die mir Angst machte und mich gleichzeitig in ihren Bann zog. Ich wollte unbedingt wissen, was das Wort bedeutete, doch ich traute mich nicht zu fragen.

So sah ich nur, was der Krebs mit meinem Vater machte: Er verlor die Haare und lag immerzu müde im Bett. Ich wusste nicht, was ich tun sollte. Der Krebs legte sich auf meine Schultern und machte sie schwer.

An einem Tag sollten wir in der Schule ein Bild malen, ein Bild unseres letzten Urlaubs. Ich malte die schönen, sich brechenden Wellen, den gelben Sand. Ich setzte Möwen in die Luft und malte viele Leute, die glücklich am Strand spazierten und dabei lachten. Die Lehrerin ging, um unsere Konzentration nicht zu stören, leise von Tisch zu Tisch und schaute, was wir Kinder malten. Bei mir blieb sie stehen. Sie lächelte mich an.

„Du warst am Meer, nicht wahr?"

Ihre Hand berührte meine Schulter. Diese Berührung war für mich wie ein Zeichen. Das Zeichen, auf das ich lange gewartet hatte.

„Frag sie nach dem Wort, Susi, frag sie doch!", flüsterte Aschenputtel aus meinem Ranzen.

„Ich ...", stammelte ich. Dann schluckte ich und flüsterte beinahe: „Könnten Sie mir bitte sagen, was Krebs ist?"

Die Lehrerin blickte erstaunt auf mich, dann auf mein Bild. Dann lächelte sie wieder und erklärte mir, dass der Krebs ein Tier sei. „Ein Tier, das meist im Meer lebt."

Und da endlich verstand ich es. Mein Vater hatte sich im Urlaub bei einem Krebs angesteckt, nein, mehr noch: Er hatte das Tier in sich. Mehr brauchte ich nicht zu wissen. An diesem Tag ging ich fröhlich nach Hause. Mein Vater musste ja nur das Tier wieder loswerden, dann würde er wieder gesund sein!

Zu Hause wartete meine Tante Eva auf mich. Meine Lieblingstante. Sie kochte immer, wenn meine Mutter arbeiten musste, und blieb dann noch etwas bei mir.

„Dein Papa ist von uns gegangen. Er ist jetzt glücklich ...“ Das waren die Worte, die sie mir ins Ohr flüsterte, und sie strich dabei tröstend über meine Haare.-

„Gegangen? Wo ist er?“, wollte ich wissen. Die Traurigkeit meiner Tante machte mir Angst.

„Er lebt jetzt auf einer Insel, weit, weit weg ...“

„Er ist wieder nach Sylt gefahren?“ Das war die einzige Insel, die ich kannte, und nur so ergab es einen Sinn, denn bestimmt wollte er dort seinen Krebs dem Meer zurückgeben. Aber Tante Eva wollte nicht mehr darüber reden.

„Susi, wenn du größer bist ...“ Sie brach ab und begann leise zu weinen.

Ich verstand gar nichts mehr und schwor mir, Sylt wieder zu besuchen. Wenn ich groß war.

Sechsundzwanzig Jahre später.

Es klingelte an der Tür. Einmal. Zweimal. Lang.

„Ich gehe schon“, rief ich und lief aus der Küche durchs Wohnzimmer in den Flur.

„Lena, bitte spiel auf dem Teppich, der Boden ist kalt“, sagte ich zu meiner Tochter, als ich sie entdeckte. Sie war mir sehr ähnlich. Ich erkannte dieselben tollen Ideen, die sie um jeden Preis verwirklichen musste und die ihr so oft Ärger einbrachten.

Dann öffnete ich die Wohnungstür und sah meinen Mann, wieder mal ohne seinen Schlüssel.

„Liebling, wir haben ein Meeting auf Sylt! Und ihr fahrt mit. Du und Lena. Wir machen einen Kurzurlaub, ja? Ich habe für uns das Hotel Dorint gebucht. Das Hotel liegt an der Sylter Himmelsleiter – nicht weit weg vom Strand. Das wird euch gefallen! Susanne, du hast mir doch erzählt, dass du schon einmal als Kind mit deinen Eltern in Westerland warst, oder?", fragte Thomas.

Ich schaute ihn liebevoll an und erwiderte sein Lächeln. Schlagartig wurde mir klar, dass sich mir endlich eine Gelegenheit bot, meinen kindlichen Schwur zu erfüllen.

Sylt hatte sich verändert – die Insel wirkte überfüllt, fast erstickt von Besuchern, und ihre Möwen schienen melancholische Schreie auszustoßen; vielleicht trauerten sie wie ich darum, dass die Insel langsam zerbrach; das Meer, die Zeit nagten an Sylt und an allem, was war. Leicht zu finden war das Haus „Sylter Deichwiesen" nicht, aber endlich half mir die Rezeptionistin im Hotel Dorint. Als wir in die Straße einbogen, erkannte ich das Haus gleich. Ich sah mich selbst dort mit den Zöpfen und mit Aschenputtel. Aber anstatt meiner Puppe hielt ich jetzt Lenas Hand.

Im Garten hatte sich nicht viel verändert. Die Bäume waren groß, klar, aber ... Und plötzlich sah ich ihn. Einen wunderschönen Walnussbaum, sechsundzwanzig Jahre alt. Ich starrte den Baum an. Lena, die meinem Blick folgte, bekam Angst.

„Mama, was ist passiert? Was siehst du da? Einen Geist?"

Sie hatte noch nicht einmal unrecht, aber einen Grund zum Fürchten gab es nicht. Dies war das Zeichen eines guten Geistes.

„Lena, siehst du den Baum? Das ist ein Gruß von deinem Opa ..."

Wie auf Befehl rannten wir beide los zum Baum und es war uns egal, ob uns jemand beobachtete.

„Hallo Papa ...", sagte ich leise in den rauschenden Seewind hinein.

„Hallo Opa!", flüsterte Lena, umarmte den Baum und schaute, wie ich, hoch in den Himmel.

Der Sturm

Silvia Both

Ein Schatten huschte am Strand entlang. Es war dunkel, der Vollmond verbarg sich hinter gewaltigen Wolken. Mit aller Kraft stemmte sich Ida gegen den starken Wind. Auf dem nassen Streifen dicht am Meer lief es sich leichter als durch die eng zusammenstehenden Häuser von Keitum. Sie zog das grobe Wolltuch noch fester um sich und schaute sich immer wieder um, ob ihr jemand aus dem Dorf folgte. Ihr gewölbter Bauch verhinderte ein schnelleres Vorankommen. Das Meer brüllte. Riesige Wellen überschlugen sich krachend, ihre Ausläufer leckten gierig an Idas Füßen.

Sie hörte Segel im Sturm knattern.

Gnade Gott den armen Seeleuten, die hofften, doch noch den schützenden Seehafen zu erreichen.

Sie vermisste ihren Mann Ole so sehr. Auf der Insel hieß es, er sei beim Fischfang ertrunken. Der Blanke Hans hätte ihn verschluckt wie so viele andere.

Ein Schiff krachte auf die Sandbank und kippte nach Backbord. Sie hastete keuchend weiter. Da! Bersten und Knirschen. Hilferufe, die schnell verstummten. Oh Gott!

Jetzt konnte sie nicht mehr, ihr Bauch spannte. Sie versuchte, in der Dunkelheit vor sich etwas zu erkennen.

Worauf hatte sie sich eingelassen? Warum war sie nicht in ihrem Schlafalkoven geblieben, hungrig zwar, aber warm. Dieser Hunger! Sie hungerte für zwei.

Plötzlich rissen die Wolken auf. Heller Mondschein beschien einen an Land gespülten Körper. Zu ihrem Entsetzen erhob er sich, taumelte auf sie zu.

Das war doch Ole, ihr Mann Ole? Sie blieb stehen.

Der Seemann kam näher. Er starrte sie an, das Gesicht vor Erschöpfung verzerrt. Wollte nach ihr greifen, berührte ihre Schulter und fiel in den Sand. Sie versuchte ihn aufzuheben, zerrte an seiner durchnässten Kleidung.

„Das ist meiner!" Vom Strand her näherte sich ein breitschultriger Schatten, der drohend seinen Knüppel schwang.

Jemand riss sie zurück.

„Ida, weg von hier!", schrie eine Frauenstimme. Kaum übertönte diese das Tosen um sie herum. Sie hätte sich denken können, dass ihre Großmutter Nonnie ihr gefolgt war.

Wie vom Teufel gehetzt liefen sie zu den Dünen.

„Es war Ole, Großmutter." Ida sank auf den kalten, feuchten Sand, atemlos. Wenigstens hier war etwas Schutz vor den Windböen.

„Nein, Enkelin. Der würde sich nicht zwischen den Sandbänken verfahren und den Strandräubern in die Hände fallen. Das war kein Einheimischer! Vielleicht ein Däne oder ein Schwede."

Natürlich hatte sie recht. Nur wer sich nicht auskannte, fiel auf die trügerischen Lichter der Strandräuber herein. Heute war es wieder so weit. Besser, sie ließen sich nicht blicken und störten die Leute nicht bei ihrer finsteren Arbeit. Mit etwas Glück blieb einiges übrig, was von der See an Land gespült wurde. Oder was man den toten Seeleuten abnehmen konnte, bevor der Deichvogt Wind davon bekam. Denn das Strandgut stand ihm zu. Und dem Herzog. Aber der lebte weit entfernt von den Inseln.

„Außerdem ist dein Mann tot. Wenn er noch leben würde, müssten wir uns nicht nachts zu den Gesetzlosen schleichen." Die alte Frau mit den ausgemergelten Gesichtszügen presste die Lippen aufeinander.

Ida widersprach: „Das stimmt nicht. Die Heringsschwärme sind dieses Jahr schon wieder ausgeblieben. Alle im Dorf hungern. Gestern ist Elisabeths Kleine gestorben. Sie war noch nicht ein Jahr alt." Sie legte beide Hände auf ihren Bauch. „Vielleicht ist Ole nur woanders an Land gespült worden. In Friesland!"

Nonnie schüttelte den Kopf. „Kind, es ist schon fünf Monate her, seit sein Boot untergegangen ist."

In der Kirche hing bereits die Gedenktafel neben vielen ähnlichen. „Für Ole Petersen, der im Meer geblieben ist. Möge er in Frieden ruhen!" Idas Bruder hatte die Tafel beschriftet.

Die beiden Frauen lauschten auf die vom Sturm verzerrten Geräusche, auf die Rufe der Strandpiraten, die sich langsam von ihnen entfernten. Nach Hörnum zu ihren Hütten am berüchtigten Südrand der Insel.

Letzten Sonntag hatte Pater Bartholomäus in St. Severin gegen „diese Verdammten" gepredigt und sie dabei alle scharf angesehen. Aber er war nicht bei der Sache gewesen. Denn gleich darauf hatte es von der Kanzel gedröhnt: „Und hütet euch besonders vor den Irrlehren des Ketzers Martinus Luther. Er greift unsere heilige katholische Kirche an. Beelzebub persönlich hat ihm eingeflüstert, die Heilige Schrift in die niedere Volkssprache zu übertragen. Wer dieses Teufelswerk liest, wird bald genau wie er im Fegefeuer schmoren."

Ida konnte lesen. Ihr Bruder, der Steinmetz von Keitum, hatte es ihr auf dem Friedhof gezeigt. Sie fuhr die Buchstaben auf den Grabsteinen gerne mit ihren Fingern nach. Auch ihr Kind sollte lesen und schreiben lernen.

Nonnie stieß sie in die Seite. Gemeinsam halfen sie sich auf die Beine. Der Sturm hatte nachgelassen, Licht sickerte durch die Wolkenfetzen. Ida sah Bretter und Planken am Strand verstreut. Dazwischen reglose Körper. Nonnie zerrte sie zu dem Mann, den sie für Ole gehalten hatte. Mit eingeschlagenem Schädel lag er da. Nein, es war nicht ihr Mann. Der hier war älter. Aber ähnlich sah er ihm.

„Hilf mir mal, Ida."

Widerwillig packte sie mit an.

Der Tote trug ein noch brauchbares Hemd. Im Sand fand sie eine Pfeife. Dann stolperte sie über eine Seekiste, die die anderen übersehen hatten. Ein Glückstag. Mit der schwankenden Kiste in ihrer Mitte traten sie den weiten Rückweg durch die Dünen an. Der Wind legte sich. Es dämmerte, als sie im Dorf eintrafen. Die schweren Wolken hatten sich verzogen. Still war es hier. Friedlich. Noch schliefen alle.

Schnell verschwanden sie in Nonnies Kate. Was mochte in der Kiste sein? Ida war todmüde. Ihr Bauch spannte. Ihr war schwindelig vor Hunger. Nonnie nahm den Feuerhaken vom Kamin. Ida setzte ihn an, aber die Kiste war gut verschlossen. Wieder und wieder. Fast wollte sie schon aufgeben, da gab der Deckel nach.

„Ida!" Die alte Frau keuchte vor Überraschung. Gute Kleidung. Hemden mit feinen Spitzen. Eine Jacke aus festem Wollstoff. Messinginstrumente. Durchweichte Seekarten. Ein ganzes Buch! Und das Beste: ein Lederbeutel mit acht silbernen Münzen. Ida und Nonnie lachten, umarmten sich. „Wie viel Essen wir dafür bekommen!"

Vorsichtig schlug Ida das Buch auf. Es roch nach dem feuchten Ledereinband. Und nach Salzwasser.

„Biblia: Das ist: Die gantze Heilige Schrifft: deudsch", las sie stockend vor. Ihr blieb der Mund offen.

„Die Ketzerbibel?", fragte Nonnie.

Plötzlich spürte Ida einen kurzen heftigen Schmerz. Das Kind wollte kommen. Seine Geburt fiel in eine stürmische Zeit.

Der Wagen

Kajo Lang

Die drei Alten saßen wie jeden Nachmittag an der wind-
geschützten Seite des Bauernhauses auf der blauen Bank.
Sie schauten über die Weiten des Sylter Watts und beob-
achteten Knutts und Trauerenten. Einige Möwen durch-
flogen den Horizont, während Antje die sich auftürmenden
Wolken betrachtete.

„Gibt wohl Wetter", sagte sie nachdenklich.

Meike Knutsen, ihre Nachbarin zwei Häuser weiter, die
mit ihrem Rollator mal schnell herübergekommen war, um
zu hören, was es Neues gab, folgte Antjes Blick. Sie schwieg.

„Ich spür das in meinen Beinen schon seit heute
Morgen", erklärte Tinne Braren, verzog schmerzverzerrt
das Gesicht und rieb sich die Oberschenkel.

„Nun gib mal nicht so an, Tinne", ärgerte sich Antje und
sah kurz zu ihrer Schwägerin. Die drei kannten sich seit
alten Schulzeiten. „Eben konntest du noch laufen wie die
Magd zum Knecht."

„Je stärker das Wetter, desto mehr krieg ich es in die
Beine."

„Du kriegst es vor allem in die Beine, wenn es zu Boy
geht", sagte Antje trocken und spielte damit auf ihren
Ehemann Boy Braren an. Seit über sechzig Jahren waren
sie nun verheiratet, hatten drei Kinder, fünf Schafe, zwei
Schweine, eine Kuh, ein Enkelkind. Und obwohl Tinne Boys
Bruder Nane geheiratet hatte, hegte Antje bis heute den
Verdacht, dass Tinne in Wahrheit ihrem Boy schöne Augen
machte.

„Du und deine Eifersucht", blaffte Tinne zurück und

glättete ihre nachblondierte Frisur. Sie achtete stets auf ihr Äußeres, vor allem, wenn sie zu Besuch hierher kam. Vorsichtig schaute sie sich um und fragte sich, wo Boy abgeblieben sein könnte.

„Da kommt ein Wagen", meldete Meike mit tonloser Stimme.

„Na endlich", sagte Antje und sah zusammen mit den anderen Frauen, dass weit entfernt ein Geländewagen mit hoher Geschwindigkeit das Watt entlang fuhr. Abrupt hielt der schwarze Wagen. Die drei Alten konnten das Wummern des Motors bis zur Gartenbank hören. Eine Zeit lang geschah nichts.

Mit einem Mal heulte der Motor auf. Der Wagen stand unnatürlich schräg. Wieder heulte der Motor auf und gab Geräusche wie ein brunftiger Rothirsch von sich, der ein neues Revier erobert. Schließlich schaffte er ein kurzes Stück, ehe er sich komplett in den Sand hineinfraß.

„Der dreht durch", murmelte Tinne entsetzt.

„Sieht gut aus."

„Immer dieses Warten."

Die drei Alten sahen gespannt zum Watt. Nichts geschah. Minuten über Minuten vergingen. Kiebitze kreischten fern vom Feld. Eine kleine Gruppe Schwalben flog tief über den Boden. Wind kam auf.

„Zieht tatsächlich Wetter auf", sagte Antje.

Die Wolken türmten sich zu einem unentwirrbaren Geflecht und nahmen eine stahlgraue Farbe an. Sie senkten sich von Sekunde zu Sekunde, wodurch das Licht wie durch einen dämmernden Schatten verschluckt wurde.

„Ist wohl besser, wir gehen ins Haus", sagte Antje, verschränkte die Hände und rieb sich die Oberarme. Es war kühl geworden.

„Und der Wagen?", fragte Tinne besorgt und sah sie an.

„Die Flut wird's richten", lautete Meikes lakonische Antwort. Die drei standen auf und gingen ins Haus.

Zum peitschenden Wind gesellte sich Regen, der gegen die Butzenscheiben klatschte. Die Alten saßen am Küchentisch und tranken heißen Tee.

„Ist wohl Sturmflut", sagte Antje gerade, als es kräftig an der Haustür klopfte.

„Wer mag das sein?", fragte Tinne überrascht.

Antje verzog missmutig das Gesicht.

„Na, wer wohl!"

Sie ging zur Haustür und öffnete. Sofort fegte ein kräftiger Wind hinein, riss Antje die Tür aus der Hand. Die Tür schlug mit einem Knall gegen die Innenwand. Undeutlich erkannte Antje eine schattenhafte Gestalt. Darüber schaukelte das Außenlicht. Der Wind gab ein pfeifendes Rauschen von sich.

„Entschuldigung", sagte eine Männerstimme, „aber ich sah hier Licht, und da ..."

„Nun kommen Sie erst mal."

Als der Mann an ihr vorbeigegangen war, gelang es Antje mit Mühe, die Tür gegen den Wind zu drücken und zu schließen.

„Immer rein in die gute Stube", forderte sie den Fremden auf.

Mit großen Augen warteten Tinne und Meike und starrten den Mann an. Er war vollkommen durchnässt. Seine teure Kleidung, das blaue Sakko mit Goldknöpfen und eingestecktem Tuch, das weiße Seidenhemd und die ebenfalls weiße Leinenhose tropften klatschnass und wiesen erhebliche Schmutzflecke auf. Der Fremde fuhr sich durch sein regennasses Haar.

„Ich bin mit meinem Wagen stecken geblieben. Drüben am Strand", sagte er atemlos. Mit sichtlich verstörtem Blick sah er die drei alten Frauen an.

Tinne schenkte einen Tee ein, reichte ihm die Tasse, die er dankbar annahm und mit beiden Händen umschloss.

„Was ist denn passiert?", fragte Antje und setzte sich zurück an den Tisch. Da es nur drei Stühle gab und alle besetzt waren, gab es für den Fremden keinen Platz mehr. Er stand in der Mitte der Küche.

„Ich bin am Meer entlang gefahren."

„Wohl zu dicht, was?", stellte Antje nickend fest.

„Ich dachte, das ist kein Problem. Mit dem Wagen bin ich schon durch ganz anderes Gelände gefahren ..."

„Gelände?" Tinne sah ihn verdutzt an, doch fiel ihr Antje sofort ins Wort.

„Wo kommen Sie denn her?"

„Hamburg."

„Natürlich", brummte Meike und wechselte Blicke mit den Frauen.

„Ich weiß nicht, wie so etwas passieren konnte", hauchte der Fremde noch immer außer Atem. „Der hat Allrad, Traktionskontrolle, selbst ESP habe ich ausgeschaltet. Aber der hat sich total festgefahren im Gelände ..."

„Im Sand", verbesserte Tinne murmelnd.

„Können Sie mir vielleicht helfen? Haben Sie einen Traktor? Oder einen Schlepper, mit dem man den Wagen wieder herausziehen könnte? Ich meine, das Auto war sündhaft teuer."

„Wie viel?", fragte Meike und sah ihn gespannt an.

„Wie bitte?", erkundigte sich der Fremde, weil er dachte, sie würde danach fragen, was ihm das Abschleppen wert sei.

„Der Wagen!", klärte Meike ungeduldig auf.

„Ach so, das ist ein Porsche Geländewagen, Viertürer, Ledervollausstattung, V-8-Turbo, Tuning mit 600 PS. Der hat über hunderttausend gekostet."

„Euro?" Tinne sah ihn staunend an.

Der Fremde nickte und nippte am Tee. Antje betrachtete seine Hände. Am Ringfinger seiner linken Hand trug er einen blauen Siegelring.

„Verheiratet?"

Etwas irritiert sah der Fremde sie an. Bevor er antwortete, brachte er seine blonde Scheitelfrisur zurück in Form.

„Ich bin überzeugter Single", sagte er gewinnend, „und somit, wenn man so will, noch zu haben, meine Damen."

„Kein Bedarf", ätzte Meike, doch Antje fuhr ihr schnell über den Mund.

„Tja, leider sind wir schon vergeben", säuselte Antje zuckersüß. „Und Kinder?"

Der Fremde lächelte verlegen. Er begriff nicht so recht, was dieses Gespräch sollte.

„Keine. Zumindest keine, von denen ich wüsste."

Antje verzog zufrieden den Mund. Sie hatte genug gehört. Sie ging auf den Fremden zu, nahm ihm schweigend die Tasse aus der Hand und führte ihn zurück zur Küchentür.

„Natürlich helfen wir Ihnen", sagte sie freundlich und wartete die Zeichen der Erleichterung des Mannes ab. „Sie gehen schon mal voraus. Wenn Sie bei Ihrem Wagen sind, blinken Sie mit der Lichthupe kurz auf. Ich kann das von hier aus gut sehen. Danach schließen Sie alle Fenster, lassen den Schlüssel innen stecken und schließen auch die Türen. Setzen Sie sich nicht ins Auto, hören Sie? Auf gar keinen Fall! Ist viel zu gefährlich. Warten Sie neben dem Wagen. Mein Mann kommt mit dem Schlepper und zieht Sie da raus."

Der Fremde war ganz außer sich vor Dankbarkeit. Antje brachte ihn zur Haustür. Inzwischen war es dunkel geworden. Sie sah ihm geduldig zu, wie er in die Nacht hineinlief. Auf halber Höhe, bevor die Finsternis ihn verschluckte, drehte er sich um und gab ein Winkzeichen. Sie musste nicht mehr lange warten, bis das verabredete Lichtzeichen aufleuchtete. Ist schon eine feine Sache, dachte Antje, das mit dem Fundrecht. Jedoch würde ihnen der Wagen nur dann gehören, wenn es keine Überlebenden und auch keine Angehörigen gab. Das ist ja nun geklärt, sagte sich Antje zufrieden.

Ihr Blick schweifte vom Nachthimmel hinüber zum Meer. Sie konnte die aufkommende Veränderung förmlich riechen. Diese Sturmflut, das wusste sie genau, war verlässlich. Als sie vom Fremden nichts mehr sah, schloss sie bedächtig die Haustür. Sie ging zurück in die Küche und setzte sich. Tinne goss Tee nach.

Antje umschlang mit ihren Händen die heiße Tasse. Der Wind wurde zunehmend stärker und blies in die Ritzen des Daches. Ein singender Pfeifton entstand.

„Immer dieses Warten", sagte Tinne gelangweilt.

„Macht einen ganz mürbe", stimmte Meike zu.

Wieder schwiegen sie und lauschten den orkanartigen Sturmböen der Sturmflut. Regen nagelte gegen die Butzenscheiben. Manchmal war der Sturm so gewaltig, als wolle er das Haus anheben und forttragen.

„Muss Boy aber morgen ganz früh raus", brummte Eike ernst. Als Antje nickte, erschrak Tinne plötzlich und sah sie mit großen Augen fragend an.

„Ist denn noch genug Platz im Stall?"

Die Thomas-Mann-Briefe

Laila Mahfouz

Meine erste Begegnung mit der Insel Sylt verdankte ich, ebenso wie alle weiteren, der großzügigen Einladung meines Freundes Alfred, der als Direktor eines der erfolgreichsten Sachbuchverlage des Landes über die nötigen finanziellen Mittel verfügte, ein eigenes Ferienhaus auf Sylt zu unterhalten und seine Freunde dort als Gäste willkommen zu heißen. Alfred, das muss ich an dieser Stelle erwähnen, war nicht nur ein äußerst liebenswerter und unterhaltsamer Zeitgenosse, er verstand es auch bestens, Bekannte und Freunde bei jeder Gelegenheit mit seinen derben Späßen an der Nase herumzuführen. Seine geradezu teuflische Schadenfreude, die in großem Kontrast zu seiner immensen Herzenswärme stand, war eine seiner unschönen Charakterzüge, die ich mehr als einmal am eigenen Leib erfahren durfte. Schon bei meinem ersten Besuch auf Sylt wurde ich seinetwegen zum Gespött von Kampen.

Um den reichen Gästen des Ortes, und derer gab es zu jener Zeit nicht minder viele als heute, nicht negativ ins Auge zu fallen, hatte ich besonders viel Mühe für meine Garderobe aufgewendet, eine Woche nur karge Kost zu mir genommen, um mir den Besuch beim Friseur leisten zu können, und war, so zurechtgemacht, am 21. Februar pünktlich zum jährlichen Biikebrennen auf Sylt erschienen. Alfred war der Meinung, der Abschied des Winters sei in diesem alten Brauch ein unvergessliches Erlebnis und außerdem wäre seine Behausung wesentlich angenehmer für mich als die karge Künstlerwohnung, die ich zu der Zeit bewohnte. In dieser Hinsicht konnte ich ihm nicht widersprechen und nahm seine Einladung dankbar an.

Nachdem wir den Nachmittag in tiefen urgemütlichen Sesseln vor dem Kamin plaudernd zugebracht hatten, machten wir uns wie alle anderen gegen halb sechs Uhr mit einer brennenden Fackel auf den Weg zur großen Kampener Biike. Ich muss gestehen, dass ich den Anblick all der Fackeln in der beginnenden Nacht als einen sehr inspirierenden Augenblick in meinem Gedächtnis gespeichert habe, obwohl der Abend für mich dann eher in einem Albtraum endete. Da ich von Natur aus schüchtern bin, möchte ich, wenn irgend möglich, nie die Aufmerksamkeit auf mich lenken. Alfred war immer schon der Überzeugung gewesen, dass ich aufgrund dieser „Macke", wie er es nannte, einer Heilung bedurfte, dass er sich allerdings als mein Heiler sah, war mir bis zu diesem Tag nicht klar gewesen. Nachdem wir eine Weile um das Feuer gestanden und den verschiedenen Darbietungen gelauscht hatten, schickte sich auch mein Freund an, die Menge zu unterhalten. Er hatte sich als Dauergast des Ortes dank seiner Großzügigkeit schon lange einen Namen gemacht, so dass alle ihm gern lauschten und nun beiseitetraten.

Schon nach den ersten zwei Zeilen seines gereimten Machwerks wäre ich am liebsten im Boden versunken. Aufgrund meines Nachnamens Winter war ich es, der nun ausgetrieben werden musste, und als ich voll Schrecken den Blicken der inzwischen johlenden Menge folgte, entdeckte ich auf der Spitze des Holzhaufens, dass die Züge der Strohpuppe, die üblicherweise darüber befestigt war, den meinen unglaublich gelungen nachempfunden waren. Ihre ganze Aufmachung war unverwechselbar die meine und mein Freund kostete mein lähmendes Entsetzen ob dieses Umstands mit jedem weiteren Wort genüsslich aus. Seine wenigen hämischen Reime erschienen mir endlos, und bis die Puppe mit meinem Antlitz endlich ins Feuer fiel und der Winter so von den Flammen verschlungen wurde, klopften mir immer wieder angetrunkene Feiernde auf die Schulter und wiederholten einzelne Zeilen des Gedichtes, das ich wohl nie werde vergessen können.

Obwohl Alfred mir einige Jahre voraus hatte, war unsere Freundschaft tief und wir hatten uns nach all den Jahren immer noch etwas zu sagen. Der Altersunterschied zeigte sich nur in dem Gewicht unserer Bankkonten, meinte Alfred einmal, denn er war überzeugter als ich, dass mir als Schriftsteller eines Tages der ganz große Wurf gelingen würde. Seine Zuversicht gab mir oft Kraft und Mut, und mehr als einmal versuchte er, mich mit einflussreichen Personen aus der Literaturbranche bekannt zu machen. Meine Menschenscheu stand mir jedoch leider auch in diesem Punkt immer wieder im Wege. Dennoch gab er nie auf und war in jeder Weise für mich da. Obwohl ich ihm all seine Streiche verziehen habe und ihm nie lange zu grollen vermochte, hegte ich stets den innigen Wunsch, einmal, wenigstens einmal, ihn, den Meister der abstrusen Scherze, aufs Glatteis zu führen. Leider bot sich mir nie eine Chance und so ließ mein Wunsch über die Jahre immer mehr nach.

Alfred beschloss irgendwann, seinem Sohn den Verlag zu vermachen und zog zufrieden mit sich und der Welt gänzlich nach Sylt. Sein Altenteil genoss er in vollen Zügen, doch als ich ihn vor nunmehr fast zehn Jahren besuchte, hatte der Zahn der Zeit doch sehr an ihm genagt, so dass ich ihn kaum wiedererkannte. Der Schalk in seinem Nacken war jedoch noch putzmunter, wie ich bei einer mir unvergesslichen Gelegenheit feststellen musste. Einmal mehr war ich Mittelpunkt des Gespötts. Als ich einen Tag später, noch immer verärgert über den üblen Spaß, den mein Freund sich mit mir erlaubt hatte, schnellen Schrittes von Kampen nach List wanderte, nahm ich die historische Vogelkoje, die ich mir schon immer hatte ansehen wollen, kaum wahr. Stur wanderte ich weiter geradeaus. Schon kurze Zeit später befand ich mich inmitten des Naturschutzgebiets Listland.

Obwohl an einigen Stellen der Insel schon die Heideblüte begonnen hatte, war vor zwei Tagen ein Winterausläufer mit einem so heftigen Sturm über die Insel gefegt, als wollte er sie mit sich reißen und den Mai Februar nennen. Nun aber lag das Land friedlich vor mir und die unbetretbare Wanderdüne schien mir so unbeständig und einsam wie ich selbst zu sein. Als ich einen Augenblick verweilte und ihr meinen Blick zuwandte, war mir, als blinkte etwas aus ihrem Sand hervor. Zögernd sah ich mich um, doch stellte ich zu meiner Freude fest, allein auf den Wegen zu sein. Rasch entfernte ich mich vom Wanderweg und griff nach dem metallischen Gegenstand, der mir vom Fuße der Düne entgegen glänzte. Es war ein kleines Kästchen mit einfachen Verzierungen an den Seiten und auf dem Deckel. Fieberhaft überlegte ich die nächsten Tage, was ich mit meinem Fund beginnen sollte. Schließlich entschied ich mich dafür, ihn vorerst geheim zu halten.

Ein Jahr später besuchte ich Alfred erneut. Seine Bewegungen waren langsam geworden, aber seine Augen blitzten und sein Geist war hellwach. Wir saßen gemütlich an einem etwas abseits gelegenen Tisch in der „Kupferkanne" und genossen wie bei jedem Besuch den frisch gemahlenen Kaffee mit hausgemachtem Kuchen. Ich war entschlossen, meinem Freund endlich von meinem Fund zu berichten. Ohne Umschweife erzählte ich ihm, wie ich zu dem Kästchen und seinem wertvollen Inhalt gekommen war und dass ich nach langem Sinnen beschlossen hatte, ihm selbst den Sensationsfund zu überlassen. Alfred, der wusste, dass ich nicht zu Scherzen neigte, zeigte sich überwältigt. Er sollte die Briefe von Thomas Mann erhalten und könnte sagen, er hätte sie gefunden? Meine Schüchternheit ließ mich gern in den Hintergrund treten, versicherte ich glaubhaft, als ich ihm das Kästchen aushändigte.

Seine Augen blitzten, er fuhr sich mit der Zunge über die Lippen. In diesem Moment fielen die Jahre von ihm ab, vor mir saß ein kleiner Junge am Weihnachtsabend, der die Erfüllung eines lang ersehnten Wunsches in dem vor ihm liegenden verschnürten Päckchen erwartete. Langsam und vorsichtig öffnete Alfred das Kästchen und atmete hörbar aus. Hier waren sie, die Briefe, die Thomas Mann von seinem Bruder Heinrich bekommen hatte, und auch einer, den er selbst verfasst und wohl doch nicht abgeschickt hatte. Alfred zahlte rasch und eilte dann mit so schnellem Schritt zurück zu seinem Haus, dass ich ihm kaum folgen konnte. Neue Energie schien den alten Mann gepackt zu haben, ein Feuer der Leidenschaft für dieses alte Papier in seinen Händen.

Den restlichen Tag verbrachten wir gemeinsam mit dem Studium der Texte, die wir einander gegenseitig vorlasen. Von vielen bekannten Persönlichkeiten war hier die Rede und von Thomas Manns Zeit im „Kliffende", dem reetgedeckten Anwesen, dem Endpunkt des unbegehbaren „Roten Kliffs", wurde in den buntesten Farben berichtet. Die Geschichten über die Berühmtheiten der Zeit, die nun schon so lange zurückliegt, faszinierten Alfred ungemein und mehr als einmal lachte er laut auf. Fast diebisch freute er sich an dem Fund, und erst, als er davon sprach, seinen Sohn informieren zu wollen, um mit ihm den Druck der sensationellen Briefe zu terminieren, rutschte mir langsam das Herz in die Hose. Mein Freund war so Feuer und Flamme für sein Vorhaben, dass er meine veränderte Stimmung nicht wahrnahm. Schon war ein Erscheinungstermin der Veröffentlichung mit seinem Sohn vereinbart und ein Experte, der die Echtheit der Papiere bestätigen sollte, war auch schon bestellt.

Ich war blass geworden und lehnte matt am Kamin, als Alfred mit vor Freude hochrotem Gesicht verkündete, sein Sohn habe einen Journalisten sowie den Leiter des Buddenbrookhauses und Direktor der Kulturstiftung Hansestadt Lübeck informiert, die beide am nächsten Morgen anreisen wollten. Ich wischte meine schwitzenden Hände an meinen Hosenbeinen ab und wandte hilfesuchend den Blick zum Fenster. Doch auch der wunderschöne Ausblick auf die Kampener Küste konnte mich nicht retten. Sie würden kommen und Fragen stellen und Alfred würde mit stolzgeschwellter Brust erzählen, wie er das Kästchen in der Wanderdüne gefunden hatte. Konnte ich es zulassen, dass er dies sagte, und mich herausziehen aus dieser Geschichte, die doch mehr als irgendeine zuvor die meine war?

Nie kann ich seither ohne Scham an diesen Tag denken, an dem ich hätte handeln können und es doch nicht tat. Aus einem Grund, für den ich mich heute verabscheue, wollte ich meine Genugtuung haben, und so ließ ich die Experten kommen und stand dabei, als sie meinen Freund einen Betrüger nannten. Nie vergesse ich seinen hilfesuchenden Blick, der zu mir hinüber wanderte, sich festkrallte und schrie. Natürlich klärte ich die Sache hinterher auf, ich erzählte allen, wie ich das Kästchen gefunden und den Inhalt sofort als wertlos erkannt hatte. Wie dann langsam eine Idee in mir Gestalt angenommen hatte, die mehr und mehr an Reife gewann und irgendwann wie ein Apfel vom Baum als konkreter Entschluss aus meinem Kopf gefallen war. Ich berichtete von all den Streichen, die Alfred mir Jahr für Jahr gespielt hatte, und dass nun auch ich ihn einmal hatte bloßstellen wollen und zu diesem Zwecke die Briefe angefertigt und diese ein Jahr lang Wind und Wetter ausgesetzt hatte, um den Zustand zu erreichen, der für den Blick eines Laien durchaus glaubhaft Echtheit imitierte.

Alfred lachte zwar mit den anderen, servierte den besten Grog und lud die Herren ein, ein paar Tage bei ihm zu verbringen, um alle wieder versöhnlich zu stimmen, doch ich erkannte mit Schrecken, was ich angerichtet hatte. Das Feuer, das eben noch so heftig in meinem Freund gebrannt hatte und ihm ein nie geahnter Jungbrunnen gewesen war, war zu Asche geworden, und wie die Flamme in seinen Augen war auch jeder Glanz des Lebens aus ihm gewichen. Nicht einmal ein Jahr später erhielt ich durch seinen Sohn, der mich als Alfreds besten Freund bezeichnete, die Nachricht seines Todes. In Alfreds Testament vermachte mir mein alter Freund unter anderem seinen antiken Sekretär, den er geliebt und stets in Ehren gehalten hatte, sowie einige andere wertvolle Gegenstände, die mich auch heute noch begleiten und mich stets an ihn erinnern.

Nach all den Jahren, in denen ich in regelmäßigen Abständen diese besondere Insel besucht habe, kann ich auch heute nie lange von ihr fortbleiben und oft ertappe ich mich bei dem Gedanken an ein Stück Kuchen in der „Kupferkanne" oder einem Heidespaziergang an Deutschlands nördlicher Küste. Wenn ich dann von Wenningstedt nordwärts wandere und das beeindruckende Rote Kliff und die Uwe-Düne hinter mir lasse, erreiche ich bald die Weite. Krüppelkiefern biegen sich im Wind, als ich das Klappholttal mit seinen typisch bewachsenen Dünen hinter mir lasse. Wenn ich den Wanderweg einschlage, der durch das Naturschutzgebiet führt, und die Wanderdüne sehe, kann ich nicht umhin, an Alfreds Testament zu denken. Denn nur ein Gegenstand sollte dem mir vermachten Sekretär entnommen werden: ein kleines Kästchen, an den Seiten und auf dem Deckel einfach verziert, in dessen Innern sich meine Briefe an Alfred befanden. Mein Freund hatte in seinem letzten Willen verfügt, das Kästchen wieder in der Wanderdüne zu verbergen, denn wie er schrieb, wäre es sicher, dass sein Inhalt sich für den Entdecker einmal als ein besonders wertvoller Fund eines der größten Schriftsteller unserer Zeit erweisen würde.

Micks und Marina

Elisabeth Steinfeld

Eine lange Reise von Hamburg nach Sylt. Besonders, wenn man die Fahrt hauptsächlich auf der Toilette verbringt.

Und warum? Nur wegen Kenny, dem Angeber, ist Micks jetzt unterwegs. Der hat so laut rumgetönt mit seinem Urlaub, dass Micks ganz laut gerufen hat: „Ich mache auch Urlaub. Und das auf Sylt!"

„Kannste dir gar nicht leisten. Sylt ist für Reiche!" Nach dieser Bemerkung von Kenny hatten alle über Micks gelacht. Und Micks hatte sich fest vorgenommen, um jeden Preis auf Sylt Urlaub zu machen. Allein – ohne die ganze Clique. Auch wenn sie seit einem halben Jahr auf der Straße lebte, mal hier und mal dort schlief.

Auf der Insel folgt Micks dem Hauptstrom der Touristen bis zum Strand. Die wollen glatt Eintritt dafür, dass man an den Strand geht! So eine Sauerei! Für Strand ist sie doch nach Sylt gekommen!

Micks sichtet Postkarten. Aber was soll das? Eine Postkarte an Kenny, Hamburger Hauptbahnhof, würde nicht ankommen.

Es wäre gelacht, wenn sie nicht doch an den Strand käme. Micks marschiert gen Süden. Doch an jedem Strandzugang wird kontrolliert. Wie wäre es mit dem Campingplatz? Micks schlendert betont gleichgültig durch den Eingang – keiner hält sie auf.

Geschafft! Micks macht Urlaub auf Sylt!

Sie kramt den neu geklauten Bikini und ihr verschlissenes Handtuch aus ihrem Büdel, legt sich in die Sonne und schläft ein.

Marina sitzt auf der Terrasse und klingelt nach dem Hausmädchen.

„Noch einen Sekt, bitte!", bestellt sie. Was macht sie hier eigentlich? Die Sommerferien wollte sie mit Carla ins Surfcamp nach Arcachon. Stattdessen sitzt sie hier mit Mami und Papi und Nachhilfelehrer. Die Eltern waren mit dem Zeugnis der zehnten Klasse nicht zufrieden, jetzt muss Marina jeden Vormittag lernen, damit sie ein gutes Abi macht. Hagen als Nachhilfelehrer ist ganz okay – aber Marina will nicht. Bestimmt ist sie die einzige Tochter, die sich mit sechzehn von ihren Eltern noch alles sagen lässt.

Drei Tage später ist Micks immer noch auf Sylt und wertet das als Erfolg. Inzwischen weiß sie Bescheid. Kennt mehrere Möglichkeiten, ohne Kontrolle an den Strand zu gelangen. Weiß, wo sie für ein paar Cent die Brötchen von gestern oder Obst mit Stellen kaufen kann.

Zwei Nächte hat sie am Strand geschlafen. Und ist heute schon weit am Strand gelaufen. Doch jetzt ist das Wetter umgeschlagen. Gleich regnet es. Micks nimmt Kampens schicke Häuser kaum wahr, sondern sieht nur das Gartenhäuschen. Kein Zaun, kein sichtbarer Alarm, nicht so künstlich schick, sondern etwas vernachlässigt: Die Tür schließt nicht richtig. Micks schlüpft in das Häuschen und macht es sich auf den Polstern für die Gartensessel bequem.

Marina klappert nacheinander das „Pony", „Buhne16" und die gewohnten Treffpunkte ab. Aber wie sie es sich gedacht hat: Ihre Sylter Freunde machen alle keinen Urlaub mehr mit den Eltern. Langweilig.

Als Marina am nächsten Morgen nach dem Schwimmen

im Pool ihr Handtuch aus dem Gartenhäuschen holen will, bekommt sie einen Riesenschreck. Da liegt jemand und schnarcht. Marina schreit.

Micks schreckt hoch, erfasst mit einem Blick die Situation, greift nach ihrem Büdel und flieht. Nicht das erste Mal, dass es morgens schnell gehen muss.

Micks empfindet ein wenig Bedauern darüber, dass das Gartenhäuschen als Nachtlager „verbrannt" ist, sie hat sich dort sehr sicher gefühlt. Aber egal. Sie wird etwas anderes finden, und heute scheint wieder die Sonne. Sylt muss doch noch etwas anderes haben als teure Häuser und Strand. Micks geht ans Watt. Dort reißt sie vor Überraschung die Augen auf. Sylt ist doch eine Insel! Aber was jetzt vor ihr liegt, ist eine riesige graue Fläche, bis hin zum Festland. Micks sieht viele Leute in Gummistiefeln Muscheln suchen.

Am Anfang fühlt sich der Boden noch sandig an, aber je grauer, desto glitschiger. Manchmal versinken Micks Füße, und wenn sie sie herauszieht, gluckert es im schwarzen Loch. Micks sammelt in ihren Büdel weiße und graue Muscheln, große, kleine, egal. Einen richtigen Schatz sucht sie sich zusammen.

Marina geht nach der Nachhilfe segeln. Ihr „Pirat" liegt in Munkmarsch. Sie macht das Boot startklar.

Micks wird müde. So langsam will sie zu ihren Klamotten zurück. Aber wo hat sie die hingelegt? Als sich Micks jetzt umsieht, sieht sie überhaupt niemanden mehr. Wo sind die Leute geblieben? Micks marschiert direkt Richtung Insel, kommt aber bald an einen ziemlich großen Bach. Sie planscht durch den Bach, doch der ist ziemlich tief. Hat auch ordentlich Strömung. Es ist viel mehr Wasser zu sehen als auf dem Hinweg. Was ist das nur? Micks stapft mutig in den nächsten Bach und hält ihren Büdel mit den Muscheln fest. Die Strömung reißt sie um, zieht sie mit sich, spült sie an ihren Ausgangspunkt zurück. Micks hustet und spuckt. Zu dumm, dass sie nicht schwimmen kann. Sie sieht sich um und begreift langsam: Das Wasser steigt! Micks bekommt Panik. Sie kann nicht schwimmen, sie kommt nicht ans Ufer. Jetzt geht ihr selbst das Wasser am Rand des Flusses fast bis zum Knie. Aber egal. Egal? Nein! Nicht egal!

„Hilfe!", schreit Micks ganz laut. Wenn nicht etwas passiert, wird sie hier sterben. Natürlich hört sie keiner. Micks bekommt Todesangst.

Alles ist ihr egal gewesen. Kein Vater – egal. Der Mann, der ihrer Mutter wichtiger ist als sie – egal. Die Schule – egal. Mittlere Reife nicht geschafft – auch egal. Der Stiefvater, den sie sich vom Leibe halten muss – egal. Der Alkohol, den ihre Mutter trinkt, um das nicht sehen zu müssen – egal. Sie ist vor sechs Monaten abgehauen nach Hamburg und es war ihr egal, wie sie lebte, wo sie pennte, was sie aß, Hauptsache, sie war weg.

Aber jetzt war es ihr nicht mehr egal. Das Wasser würde weiter steigen und sie würde ertrinken! Mit ihr würde ihr kostbarer Büdel untergehen und niemand würde sie je vermissen.

Marina ist glücklich. Beim Segeln und Surfen ist sie in ihrem Element, da beherrscht sie die Situation, da hat sie Erfolge, da ist sie eins mit Wasser, Wind und Wellen! Aber was ist das? Marina ändert ihren Kurs, das muss sie sich genauer ansehen.

Micks sieht sich verzweifelt um. Kein Mensch. Ist sie allein auf der Welt? Allein in diesem feindlichen Wasser? Aber was ist das? Ein weißer Punkt. Ein Segel? Micks schreit wieder laut um Hilfe und schwenkt beide Arme. Hoffnung!

Jetzt kann Marina erkennen: Ja, ein Mensch. Wie kann sich jemand nur so in Gefahr bringen? Überall wird gewarnt, wie gefährlich das Watt ist! Nordsee ist Mordsee. Der Mensch winkt. Ist das nicht das Mädchen, das heute Nacht im Gartenhaus geschlafen hat?

Der Wind wird stärker. Das Wasser geht Micks bis zur Brust und die Wellen schwappen noch höher. Aber es ist ein Boot unterwegs zu ihr, warum nur kommt das nicht direkt zu ihr, sondern fährt zickzack? Micks brüllt und winkt, bis ihr eine Welle über den Kopf schwappt.

Als Micks und Marina nach der dramatischen Rettungsaktion trocken in Marinas Zimmer sitzen, mustern sich die beiden.

Micks sieht ein reiches Mädchen, lange blonde Haare, blaue Augen, dunkle Wimpern, gezupfte Augenbrauen, eine elegante Nase, schmaler Mund, sportlich, gepflegt. Pullover von Victoria Secret, Jeans von Hollister. Die Hände, die im Boot so beherzt zupacken konnten, elegant und manikürt. Im Luxuszimmer.

Marina sieht ein schmales Gesicht unter ungleichmäßig dunklen Stoppeln, braune Augen, buschige Augenbrauen, Stupsnase, niedlich abstehende Ohren. Die Figur nicht schlank, sondern mager und sehnig, an der ihre teure Kleidung zu groß und zu weit aussieht. Ungepflegt, schwarze Ränder unter den angerissenen Fingernägeln.

„Warum hast du im Gartenhaus geschlafen?", fragt Marina endlich.

„Ich mache hier Urlaub."

„Aber wo wohnst du? Wo sind deine Eltern?"

Micks lacht trocken und böse. Darüber spricht sie nicht gerne, aber ihrer Lebensretterin ist sie etwas schuldig.

„Meine Mutter säuft, um nicht zu sehen, dass mein Stiefvater mich ins Bett kriegen will. Deshalb bin ich abgehauen. Ich schlafe in Hamburg unter den Brücken ..."

Das kann Marina sich überhaupt nicht vorstellen. Sie berichtet, wie ihr Leben läuft und Micks bekommt große Augen. „Deine Eltern müssen dich sehr lieben", meint sie am Ende.

„Liebe? Pah! Leistungsdruck und Kontrolle trifft es eher. Ich muss vorzeigbar sein. Ansonsten scheren die sich einen Dreck um mich."

„Dann haben deine Eltern auch keine Zeit für dich ..."

„Wenn du schon mal da bist, können wir ja was zusammen machen."

Die nächsten Tage machen Marina und Micks die Insel unsicher: Krabben essen, FKK-Strand, „Club Rotes Kliff", alles per Chauffeur.

Nur die täglichen drei Stunden Nachhilfe trüben das Urlaubsvergnügen. Micks sitzt mit am Tisch, während Hagen mit Marina lernt. Am vierten Tag erklärt Hagen zum x-ten Mal eine Matheaufgabe, als Micks dazu sagt: „Ist doch ganz einfach, das muss vierundzwanzig sein."

„Richtig!", freut sich Hagen. „Siehst du, Marina, gar nicht so schwer."

„Ich dachte, du hast die Schule geschmissen", wundert sich Marina nach dem Unterricht.

„Nach den letzten Sommerferien", bestätigt Micks. „Ich musste die Zehnte wiederholen, weil ich die Prüfung nicht gepackt habe. Egal."

Hagen bietet an: „Du kannst was, Mädchen. Lern mit,

dann kannst du eventuell sogar noch eine Nachprüfung ablegen."

Erst ist Micks motiviert. Aber nach einer Woche geht ihr der ganze Reichtum auf die Nerven. Ja, sie ist dankbar, ja, sie darf von den goldenen Tellerlein essen, aus den goldenen Becherlein trinken, wird vom Chauffeur kutschiert, darf im Pool schwimmen und Marinas Edelklamotten tragen – immer ein Nehmen, nie ein Geben. Dazu kommt, dass die Eltern und die Haushälterin sie als Schmarotzerin sehen, die sich hier ins luxuriöse Nest gesetzt hat ...

Als sie das Marina erzählt, erwidert die Freundin: „Was meinst du, wie viel mehr ich mit dir lerne. Wie langweilig es ohne dich wäre?"

„Ja, aber ..."

„Aber was?"

„Ich kann dir nichts bieten, was viel Geld kostet. Aber was hältst du davon, wenn ich dir meine Welt zeige."

„Das ist die Idee!"

Sie verabreden: Vierundzwanzig Stunden Urlaub auf Sylt. Ohne Geld, ohne Unterkunft, weit weg, damit nicht die Gefahr besteht, dass jemand Marina erkennt. Das wird ein Abenteuer, findet Marina.

„Aber in diesen Klamotten können wir nicht los", wird sie von Micks gestoppt. Sie ziehen sich so schäbig wie möglich an und ziehen los.

Nach drei Kilometern ist Marina erschöpft. „Lass uns den Bus nehmen!"

„Darf aber nichts kosten", meint Micks.

„Ich kann nicht glauben, was ich heute alles zum ersten Mal gemacht habe", staunt Marina am späten Abend. „Betteln und Schwarzfahren, Strandbenutzung, ohne Kurtaxe zu zahlen, Müsliriegel klauen, ein Abendessen bei arglosen Campern schnorren, mich von Typen in die Kneipe einladen lassen und jetzt auch noch ein verbotenes Feuer am Strand!"

So viel Hunger wie am nächsten Morgen hat Marina noch nie gehabt.

Micks will zum Frühstück nach Westerland, aber Marina kann nicht mehr. Also trampen? Micks zeigt Marina, wie sie schnell mitgenommen werden. Aber als es Marina nach einem trockenen Brötchen an der L24 selbst versucht, gerät sie an einen Bekannten, der Marinas Eltern erzählt, er habe die Tochter beim Trampen erwischt.

„Das ist nur der Einfluss dieses Mädchens!", steht für Marinas Mutter fest, und der Vater sagt: „Dieses Mädchen muss weg!"

Aber diesmal schweigt Marina nicht. „Micks bleibt!", ruft sie entschieden.

„Sie hat einen schlechten Einfluss auf dich!" Marinas Vater ist es nicht gewohnt, dass sie ihm widerspricht.

„Papi. Wenn du Micks rausschmeißt, dann gehe ich auch. Ich wollte sowieso nicht nach Sylt diesen Sommer." Marina diskutiert überzeugt und ruhig. „Seit Micks da ist, lerne ich mehr. Ich lasse euch in Ruhe, dafür lasst ihr mich in Ruhe!"

Marina strahlt eine solche Entschlossenheit aus, dass die Eltern Micks bleiben lassen. Bedingung ist, dass Marina nie wieder trampt.

„Ich werde diesen Urlaub bestimmt nicht wieder trampen", verspricht Marina leichten Herzens. Und stürzt sich zusammen mit Micks heißhungrig auf den Lachs.

An ihrem letzten Abend auf Sylt sind sich die Mädchen einig, dass sie in Hamburg Freundinnen bleiben wollen.

Marina will die nächsten Ferien garantiert nicht mit ihren Eltern verbringen! Aber vielleicht mit Micks? Die erst mal zwei Wochen bei Marina wohnen wird. Bis sie geklärt hat, wie es weitergehen kann.

Marina und Micks machen einen Abschiedsspaziergang. Das Watt ist grau, weit und glitschig, es ist eine halbe Stunde vor Niedrigwasser und Marina hat Micks versprochen, dass keinerlei Gefahr besteht. Denn es ist das erste Mal, dass Micks wieder ins Watt geht.

„Hier, schenk ich dir!", sagt Micks und gibt Marina die Miesmuschel, die sie gerade gefunden hat.

„Da, ich schenk dir auch eine!" Marina hebt eine Herzmuschel auf. „Als Erinnerung an deinen ersten Urlaub auf Sylt!"

Drache

Martin Forster

Wer zu lange gegen Drachen kämpft, wird selbst zum Drachen.
August Strindberg – Totentanz

Giselas Gesicht glühte. Sie presste die Luft zwischen den Lippen hervor und zischte und keuchte dabei wie ein Zug nach einer Notbremsung. Ihr ausufernder Körper zerfloss in Schweiß. Aus buschigen Achselhaaren tropfte es stetig neben ihr Handtuch, wodurch sich das Holz der Sitzbank bereits großflächig verdunkelt hatte. Georg vermied es, seine Frau anzusehen.

Vor über zwanzig Jahren hatten sie sich in einem Tanzkurs kennengelernt. Er wollte seiner Schüchternheit zum Trotz eine Freundin finden. Sie kam dem Wunsch ihrer Eltern nach, gesellschaftliche Etikette zu lernen. Vom ersten Blick an war Georg hin und weg gewesen von der üppigen Blondine mit dem schnoddrigen Mundwerk. Und Gisela hatte auf den ersten Blick erkannt, dass Georg ihr zu Füßen lag. Ein Jahr später heirateten sie. Giselas Familie wollte es so. Beide waren dreiundzwanzig. Georg brach das Germanistikstudium ab und fing im Büro des Brennstoffhandels ihres Vaters eine kaufmännische Ausbildung an. Er müsse ja nun Verantwortung für eine Familie übernehmen, meinte Giselas Vater und klopfte ihm dabei auf die Schulter.

Den heutigen Septembernachmittag verbrachte Georg mit Gisela in der Strandsauna am südlichen Ende des Hörnumer Weststrands. Das Ferienhaus von Giselas Eltern lag nur wenige Schritte entfernt und gehörte zur Kersig-Siedlung, einer Ansammlung reetgedeckter Ferienhäuser aus den Sechzigern, die verstreut in den Dünen südwestlich des Ortskerns lagen. Es war ein warmer, sonniger Tag. Ein sanfter Südwestwind sorgte dafür, dass es nicht heiß wurde.

Als sich die Tür öffnete, blickte Georg auf. Eine junge Frau trat herein. Sie war etwa Mitte zwanzig, sehr schlank, hatte ein hübsches, ebenmäßiges Gesicht und lange braune Haare, die sie hochgesteckt hatte. Er dachte einen Augenblick nach, wo er sie schon einmal gesehen hatte. Dann fiel es ihm ein: Sie kellnerte in einer Gaststätte im Ort, in der sie vor ein paar Tagen einmal zu Abend gegessen hatten. Ohne die formelle Arbeitskleidung wirkte sie verletzlich, aber auch frei und unbekümmert. Ganz offensichtlich war sie sich ihrer Schönheit vollkommen bewusst.

„Hallo", sagte sie gut gelaunt, schloss die Tür und blickte in die Runde, die mit vereinzeltem Brummen antwortete. Sie lachte. „Na, hier ist ja gute Laune!" Sie nahm ihr Saunatuch ab und setzte sich vor Gisela und Georg auf die mittlere Bank. Ein Feuer speiender Drache erstreckte sich von ihrem Nacken über den gesamten Rücken bis hinunter zum Steißbein. Georg hatte noch nie ein so großes Tattoo gesehen. Gisela schnaubte verächtlich. Sie konnte Tattoos nicht ausstehen.

Da passierte es. Als die junge Frau an ihren Haaren herumzupfte, berührte sie mit ihrem Ellenbogen Giselas Knie.

„Passen Sie doch auf", sagte Gisela scharf. „Sie sind nicht allein hier!"

Die junge Frau sah über die Schulter und musterte Gisela. Nach ein paar Augenblicken sagte sie: „Ja, das hab ich bemerkt." Und nach einer kurzen Pause: „Ist ja auch nicht zu übersehen."

Gisela schnaubte noch einmal. „Werden Sie bloß nicht frech! In Ihrem Alter war ich auch noch schlank."

„Von mir aus", sagte die junge Frau und drehte den Kopf wieder nach vorne.

„Sie brauchen sich hier gar nicht aufzuspielen!", brauste Gisela auf. „Sie haben mich gestoßen, da kann man doch auch mal Entschuldigung sagen!"

„Entschuldigung", sagte die Frau wie aus der Pistole geschossen. „Es tut mir schrecklich leid, dass ich Sie versehentlich berührt habe. Es war ganz sicher nicht zu meinem Vergnügen."

„Was wollen Sie damit sagen? Dass es kein Vergnügen ist, mich zu berühren?", ereiferte sich Gisela.

„Genau das", erwiderte die junge Frau im gleichen Ton.

„Unverschämtheit!", schnauzte Gisela nun ernsthaft erbost. „Du fällst auch noch von deinem hohen Ross. In ein paar Jahren ist es vorbei mit guter Figur, du wirst schon sehen, und dann sieht dein komischer Dinosaurier nur noch lächerlich aus!"

„Ich kann mich nicht erinnern, Ihnen das Du angeboten zu haben", sagte die junge Frau.

„Ach so, gnädiges Fräulein", rief Gisela, „das tut mir aber leid, dass ich Euch zu nahe getreten bin, ich bin untröstlich!"

Georg hatte während des Gesprächs die Sanduhr neben der Tür fixiert und gehofft, dass sich Gisela abregen würde. Nun wurde es ihm allmählich zu viel. Kommentarlos verließ er den Schwitzraum und lief durch einen schmalen Dünenpfad hinunter an den Strand und weiter ins Meer, bis ihm das Wasser die Füße wegzog und er mit dem Kopf untertauchte. Er genoss die prickelnde Kühle auf der heißen Haut und die Stille unter Wasser, dann tauchte er nach Luft schnappend wieder auf.

Gisela, diese blöde Kuh, dachte er. Okay, die junge Frau war ganz schön frech, aber warum muss meine Frau immer so peinlich werden?

Er verließ das Wasser und ging an der Wasserlinie entlang zu den Tetrapoden, jenen tonnenschweren Vierfüßlern aus Beton, die in früheren Jahrzenten zigfach in den Sand gesetzt worden waren, um die Erosion zu stoppen. Trotz eher gegenteiliger Effekte lagen die riesigen Betonblöcke nach wie vor wie eine militärische Befestigungsanlage am Strand und erinnerten an menschliche Hilflosigkeit im Umgang mit Naturgewalten.

Georg ließ sich in einen freien Strandkorb fallen und blinzelte in die Nachmittagssonne. Eigentlich wäre es ihm jetzt nach einem Nickerchen. Aber er sollte wohl besser wieder zurückgehen, sonst würde ihm Gisela aus seiner Abwesenheit mal wieder einen Strick drehen.

Er erhob sich. Nach wenigen Schritten sah er die junge Frau aus der Sauna. Sie lag in einem Strandkorb und hatte die Augen geschlossen, die Arme über dem Kopf verschränkt, die Beine lang ausgestreckt. Wie er hatte sie weder Handtuch noch Bekleidung dabei. Er blieb unwillkürlich stehen und betrachtete sie.

„Was guckst du so?", hörte er sie auf einmal sagen. Georg erschrak und wollte schon weitergehen.

„Soll ich dir einen blasen?", fragte sie.

„Was?", fragte Georg. Fast verhaspelte er sich an diesem einen Wort.

„Schon gut, war nur Spaß." Sie schüttete sich aus vor Lachen. „Du machst nur den Eindruck, als hättest du's echt nötig."

„Entschuldigen Sie bitte", stammelte Georg, „ich wollte Sie bestimmt nicht belästigen, ich ..."

„Ich bin Jule", sagte die Frau. „Musst mich nicht siezen,

das war nur für das fette Ungeheuer da oben."

„Entschuldigen Sie bitte das Verhalten meiner Frau", sagte er schnell. „Sie ist etwas aufbrausend."

Jule wurde ernst. Nach einer Weile sagte sie: „Da hast du's ja nicht leicht. Wie bist du denn zu so einer Frau gekommen? Du siehst doch richtig gut aus und machst einen netten Eindruck!"

„Menschen ändern sich", sagte Georg. „Sie war nicht immer so."

„Wenn du meinst", sagte sie achselzuckend. „Ich würde jedenfalls keine Sekunde mit so jemandem zusammen sein wollen."

In diesem Moment kam Gisela ächzend und schnaufend den Strand entlanggewalzt. Wie automatisch setzte sich Georg in Bewegung und lief ihr entgegen.

Er wollte gerade etwas sagen, da polterte sie los: „Hast du sie noch alle? Was fällt dir ein, mich da oben einfach sitzen zu lassen?"

Sie hatte ihn inzwischen erreicht, stieß ihn beiseite und baute sich vor Jules Strandkorb auf.

„Hi", sagte Jule, „lange nicht gesehen."

Einen Moment lang starrte Gisela auf die immer noch nackt ausgestreckte Jule. Dann wandte sie ihren Blick langsam zu Georg.

„Sag mal, spinnst du?", sagte sie gefährlich leise. „Ich warte da oben auf dich, und du machst dich hier an diese kleine Schlampe ran?"

„Hey, hey, hey", rief Jule, „immer schön anständig bleiben!"

„Mit dir red' ich gar nicht, du Schlampe", fauchte Gisela.

„Hör doch auf, sie zu beleidigen!", rief Georg.

Kaum hatte er das letzte Wort ausgesprochen, traf ihn Giselas Hand mit voller Wucht im Gesicht. Georg taumelte zur Seite und hielt sich die rechte Wange. Er sah zu Gisela, deren Gesicht immer noch gefährlich rot leuchtete, dann zu Jule, die ihn mit aufgerissenen Augen schockiert anstarrte. Dann rannte Georg los, den Strand hinauf, den Pfad zur Sauna, wickelte sich sein Saunatuch um und griff den Rucksack mit seiner Kleidung. Dann lief er auf der anderen Seite des Saunageländes hinaus, eilte die Straße Süderende hinunter, die hufeisenförmig die Siedlung umzog, und stieß beim nächsten Strandübergang wieder durch die Dünen hinab zum Meer.

Nun befand er sich jenseits der Tetrapoden. Hier war er ganz allein. In der Ferne ein einzelner Spaziergänger. Amrum flimmerte scheinbar zum Greifen nah über dem Wasser. Er zog sich hastig an, stopfte das Saunatuch anstelle der Kleidung in den Rucksack und marschierte los. Er umrundete die Odde und erreichte nach zwanzig Minuten atemlos den Oststrand. Er sah auf die Uhr. Kurz nach fünf.

Im Bistro am Ende der Oststrandpromenade setzte er sich in den hintersten Winkel des Gastraums und bestellte ein Mineralwasser. Langsam beruhigten sich Atem und Puls.

Er könnte in den Bus steigen, nach Westerland fahren, dort in den Zug, einfach weg, in Hamburg-Altona umsteigen und irgendwohin. Nur wohin? Keine seiner Freundschaften aus früheren Zeiten hatte die Ehe mit Gisela überlebt. Er wusste nicht einmal, wo seine Freunde von damals heute wohnten.

Er ließ sich die Speisekarte bringen. Erst mal hierbleiben, dachte er. Erst mal Zeit vergehen lassen.

Es war schon fast neun, als er sich endlich ausreichend gestärkt und beruhigt fühlte. Er zahlte und spürte Erleichterung bei der Bedienung, dass er endlich ging und seine Unruhe und die nervösen Blicke mit nach draußen nahm.

Mit gesenktem Kopf ging er durch die schmalen Straßen des Ortes zurück zur Kersig-Siedlung.

Als er das kleine Schlafzimmer betrat, verschlug es ihm den Atem. Gisela lag regungslos im Bett. Die halb geschlossenen Augen waren zur Zimmerdecke gerichtet. Auf dem Nachttisch stand ein überquellender Aschenbecher, daneben ein noch halb volles Rotweinglas, eine geöffnete Packung Valium, eine Schachtel Camel, ein Feuerzeug, auf dem Boden zwei leere Flaschen Badischer Dornfelder. Aus einer hatte sich ein kleiner Rest auf den weißen Flokati ergossen. Die dunkelroten Tropfen waren schon angetrocknet. Georg stand und starrte. Was tun? Wiederbeleben? Etwa Mund-zu-Mund-Beatmung? Es schüttelte ihn. Er ekelte sich vor seiner eigenen Frau, anstatt ihr zu helfen. So weit war es also gekommen. Mit einer gewissen Irritation registrierte er das Gefühl der Ruhe bei dem Gedanken, dass sie womöglich schon tot war.

Er öffnete beide Fensterflügel und ließ die kühle Nachtluft ins Zimmer strömen. Er hörte die Brandung des Meeres rauschen und roch das Salz und die blühende Heide. Der Leuchtturm schickte seinen Lichtkegel über die Dünen. Hell, hell, dunkel, wie ein sehr langsamer Walzer. Wie lange war er nicht mehr tanzen gewesen? Er konnte sich nicht erinnern.

Plötzlich zerriss ein gewaltiges Aufschnarchen die Stille. Georg fuhr herum. Er betrachtete das aufgedunsene Gesicht und die mit Schweiß an die Stirn geklebten Haare. Dann atmete er tief ein, schloss die Fenster und zog die Vorhänge vor. Giselas Schnarchen nahm Fahrt auf. Rhythmisch schnaufte und ächzte der voluminöse Körper durch die Nacht.

Georgs Blick verschwamm. Plötzlich sah er im Bett nicht mehr Gisela, sondern einen Drachen liegen. War es der

Drache von Jules Rücken? Er war sich nicht sicher. Dafür war er sich nun ganz sicher, dass etwas geschehen musste.

In der Gaststube saßen keine Gäste mehr. Jule stand hinterm Tresen und machte die Abrechnung. Sein Besuch schien sie nicht zu überraschen.

„Ein Bier, der Herr?", fragte sie und lachte ihn an.

„Ja", sagte er, „unbedingt."

Als sie das Bier vor ihn hinstellte, leerte er es in einem Zug.

„Jule, wie lange bist du denn hier schon allein?"

„Dreiviertel Stunde."

„Und ich sitze schon eine gute halbe Stunde hier, ja?"

Sie musterte ihn. Mit ihrem Blick schien sie bis in seine hintersten Gedanken vordringen zu können. Und er wusste, was sie dort erkannt hatte, als sie nickte.

„Mindestens", sagte sie. „Hast ja auch schon ein ganzes Bier getrunken." Sie stellte ihm noch eins hin. Schweigend und in kleinen Schlucken trank Georg das zweite Bier und sah Jule zu, wie sie die Abrechnung beendete und den Tresen aufräumte.

Draußen war nun Martinshorn zu hören. Georg sah auf die Uhr. Perfekt. Er streckte seine Hand aus und legte sie auf Jules Wange. Dann beugte er sich vor und küsste sie vorsichtig auf den Mund. Sie ließ ihn gewähren.

„Danke", sagte er sanft. „ihr habt mich sehr inspiriert, du und dein Drache."

„Ich denke, ich sag es dir besser jetzt", bemerkte sie nach einer Weile leise und sah ihm fest in die Augen. „Ich steh' nicht auf Männer."

Georg nickte. Dann lachte er. „Macht ja nichts", rief er und lachte immer weiter. Er lachte und lachte und geriet dabei wie in einen Rausch.

Als er unter den nachtblauen Himmel trat, zwang er sich zur Ruhe, um nicht unangenehm aufzufallen. Auf der Straße hatten sich zahlreiche Menschen versammelt. Alle starrten nach Westen, wo die Dunkelheit hell erleuchtet wurde von Blaulicht und lodernden Flammen. Wie von einem Feuer speienden Ungeheuer.

„Bye-bye, Drache", flüsterte Georg und lachte still in sich hinein.

Hummel

Markus Fegers

Meine Schicht ist vorüber und ich habe Lust auf einen Kaffee, der nicht in Pappbechern serviert wird. Rasch klettere ich hinauf in das winzige Zweibettzimmer, das ich für ein paar Wochen mit Freddy teile, und steige aus meiner verschwitzten Arbeitskluft. Schlüpfe in Shorts, Polohemd und Flipflops.

Ein paar Minuten später stehe ich auf der Friedrichstraße und werfe einen Blick ins Bistro „Leysieffer": zu voll, zu viele Touristen, die vor Roter Grütze, Caffè Latte oder Prosecco sitzen.

Die Alternative ist klar.

Ich stemme mich gegen den strammen Seewind, der durch die Fußgängerzone stürmt, und laufe die wenigen Meter zum „Extrablatt", direkt dem „Hotel Miramar" gegenüber, bestelle einen doppelten Espresso und nehme die Treppe in die erste Etage.

Der Blick aus den Panoramafenstern über die Westerländer Strandpromenade hinweg auf die tobende Brandung ist immer wieder umwerfend, ein freier Tisch Fehlanzeige. Kein Problem: Sicher darf ich mich irgendwo dazusetzen.

Suchend schaue ich mich um – und erstarre: Dieser rotblonde Lockenkopf dort am winzigen Ecktisch direkt vor dem Fenster, das ist doch nicht etwa ...?

Klar doch, sie ist es.

„Hummel!", rufe ich. „He, Hummel!"

Das rot gelockte Mädchen, klein, hübsch und rund, dreht sich zu mir. Ein Blick aus himmelblauen Augen, verwirrt, erstaunt, erfreut. „Paul? Du? Was machst du denn hier?"

Welche Frage! Was macht man auf Sylt im Sommer?

„Arbeiten", sage ich.

„Hier im Café?"

„Nein. Drüben bei McDonald's."

Hummel hebt eine Augenbraue.

„Schnelles Geld in den Semesterferien", erkläre ich.

Klingt wie eine Entschuldigung.

Mein Kaffee kommt.

„Hast du noch Platz für mich?", frage ich.

Hummel nickt und schiebt ein paar prall gefüllte Einkaufstüten beiseite.

„Hummel macht Shopping", stelle ich fest und setze mich.

„Ein bisschen", sagt Hummel. „‚Sale' meiner Lieblingslabels. Alles total heruntergesetzt. Eigentlich bin ich nur auf der Durchreise nach Dänemark ..."

„... wo deine Eltern ein Ferienhaus haben, richtig?"

„Genau", sagt Hummel. „Auf Rømø. Sylt war ihnen zu teuer."

„Das nenne ich Jammern auf hohem Niveau", sage ich.

Hummels Papa ist Orthopäde, die Mama irgendwas beim Theater. Ich trinke einen Schluck. Sehr heiß. Sehr stark. Köstlich. Hummels rote Locken glänzen golden im warmen Sonnenlicht, das durch die riesigen Scheiben fällt.

„Gut siehst du aus", sage ich.

„Danke!" Hummel zeigt ihre blendend weißen Zahnreihen.

„Weißt du, dass mich niemand mehr ‚Hummel' nennt?"

Kaum zu glauben, wo sie doch schon ewige Zeiten so heißt, genauer gesagt seit dem vierten Schuljahr, als sie unbedingt die Biene Maja in unserer Theatergruppe spielen wollte. Hatte aber keine Chance. Ihr blieb nur der dicke Willi. Wegen ihrer Figur.

„Muss ich jetzt auch Maja zu dir sagen?", frage ich.

„Darfst du", sagt sie. „Musst du aber nicht."

„Kleine Biene Maja, wo hast du deinen Till gelassen?"

„Till ist in Stockholm. Für ein Semester oder zwei. Sagt er."

Das klingt nicht gerade nach großem Glück. Andererseits: Mich stört die Abwesenheit dieses Kerls nicht im Geringsten. Konnte ihn noch nie leiden.

„Also bist du allein unterwegs", sage ich.

„Nicht wirklich." Hummel streichelt sacht über ihren gewölbten Bauch.

Ich starre sie an.

„Fünfter Monat", sagt Hummel.

„Glückwunsch." Mühsam ringe ich mir ein Lächeln ab. „Und Till freut sich auch?"

„Till meint, dass ihm seine Doktorandenstelle im Moment wichtiger ist. Familie wäre nicht so sein Ding."

„Till war schon immer ein Arsch", sage ich.

Ich spiele mit Freddy, Ann und Charlotte aus der Nachtschicht eine Runde Beach-Volleyball. Wie verabredet, obwohl ich jetzt gar keine Lust dazu habe. Ich bin nicht bei der Sache. Stelle den Ball zu kurz, schmettere ins Netz, verpenne jede zweite Annahme. Nur: Sonst ist es Anns wippender brauner Pferdeschwanz, der mich ablenkt, heute ist es Hummel.

Hummel sitzt im Strandkorb auf der Promenade und schaut uns zu.

„Ist irgendwas?", fragt Ann.

„Keine Ahnung", sage ich.

„Vielleicht machst du mal einen Satz Pause", schlägt Ann vor.

„Gerne", sage ich.

Ich hocke mit angezogenen Beinen neben Hummel und schaue auf den Horizont. Die Sonne steht sehr tief. Romantisches Abendlicht.

„Morgen ist mein freier Tag", sage ich.

„Morgen fahre ich nach Dänemark", sagt Hummel. „Die Fähre ist schon gebucht."

„Wann?"

„Irgendwann am Nachmittag, halb fünf, glaube ich."

„Dann ist doch noch Zeit. Wir könnten ..."

„Du brauchst mich nicht zu trösten oder so", sagt Hummel.

„Nein", sage ich.

Glutrot versinkt die Sonne im Meer.

„Wo wohnst du eigentlich?", frage ich. „Hotel? Jugendherberge?"

„Knapp vorbei", sagt Hummel. „Auf dem Zeltplatz in Tinnum, ein paar Kilometer von hier."

„Zeltplatz", nicke ich. „Klar. Deine Camping-Ente, hast du sie etwa immer noch?"

„Das ist keine Ente", sagt Hummel. „Nie gewesen."

„Dieses Wellblechding, du weißt schon."

„Mein ‚Flying Dutchman'", sagt Hummel, „ja."

Hummels winzige Gartenlaube auf Rädern.

Irgendwann habe ich gemeinsam mit ihr darin übernachtet, eine viel zu kurze heiße Sommernacht nach einem viel zu lauten Open-Air-Konzert, wir hatten die Hecktüren aufgestellt, schauten von einem schmalen Bett aus hinauf in den blanken Sternenhimmel und ich durfte sie streicheln, die süße, kleine, weiche Hummel. Leider nur streicheln und das auch nur ein kleines bisschen, weil es da schon Till gab, diesen elend arroganten, selbstsicheren Mathematiker.

Das letzte Abendlicht taucht dünne Wolkenfetzen in zartes Rosa. Ann, Charlotte und Freddy stehen vor dem Strandkorb.

„Kleine Kneipentour gefällig?", fragt Ann.

„Ohne mich", gähnt Hummel. „Bin viel zu müde. Ich glaube, ich muss ins Bett."

Ich klettere aus dem Korb und helfe Hummel auf die Beine.

Wangenküsse zum Abschied.

Hummel riecht, wie sie früher schon roch: nach milder Babyseife und einem Hauch Aprikosenshampoo. Schmerzhaft vertraut.

„Holst du mich morgen früh ab? Um zehn vor der Post? Bitte!"

„Nicht betteln", sagt Hummel. „Okay, ich mach's. Weil du es bist."

Hummel ist pünktlich. Wie immer.

Ihre Acadiane, dieses Wellblechding, babyblau, zumindest an den Stellen, wo sich der Lack gegen den Rost behaupten konnte, schnattert munter im Leerlauf. Ich klettere auf den Beifahrersitz.

„Schon gefrühstückt?", frage ich und halte Hummel eine Papiertüte vom Bäcker hin. „Die Quark-Rosinen-Stütchen, die sie hier machen, sind echt verboten lecker."

Hummel greift zu und gibt Gas.

„Hast du Schwimmzeug dabei?", fragt sie mit vollem Mund.

„Sicher." Ich klopfe auf meinen Daypack. „Alles, was man so braucht: Badetuch, Sonnenöl, ein Päckchen Kondome …"

„Du bist doof", grinst Hummel.

„Klar", sage ich.

Wir sitzen im Garten der Keitumer Teestube.

Alte Bäume spenden Schatten, ein frischer Wind lässt Blätter rauschen; sehr nett das Ganze, nur gestört durch plumpe Chartermaschinen, die im Landeanflug lärmend Schneisen in die lauschige Stille zwischen gepflegten Gärten und Reetdachvillen schlagen.

Auf dem Tisch ein Café Crème für mich, heiße Schokolade und Rhabarberkuchen mit Sahne für die Süße mir gegenüber. Ein Traum, wenn sie meine Süße wäre.

„Diese Ann ist sehr hübsch", sagt Hummel kauend.

„Findest du?"

„Finde ich. Schlank und groß und braun gebrannt. Und durchtrainiert, nicht zu vergessen. Das absolute Baywatch-Mädel."

„Sie studiert Sport in Kiel", sage ich.

„Wie du", sagt Hummel.

„Ich mache Meeresbiologie, falls du das vergessen hast."

„Wer's glaubt." Hummel grinst. „Garantiert tauchst und surfst du den ganzen Tag oder liegst mit heißen Bräuten in der Sonne."

„Du musst es ja wissen", sage ich und bestelle ein weiteres Stück Kuchen.

Ein Rudel behelmter Radler, rotgesichtig und in viel zu kurzen bunten Hosen entert lautstark und durstig die Nachbartische.

„Und du?", frage ich. „Immer noch Bücher?"

„Ja", sagt Hummel. „Immer noch Bücher und immer noch Münster. Weiß nur nicht genau, wie es jetzt weitergehen wird. Eigentlich hatte Simon angeboten, mich fest anzustellen ..."

„Simon?"

„Der Buchhändler, bei dem ich die Lehre gemacht habe."

„Und warum sollte er das nicht tun?"

„Ja, warum wohl?"

Hummels rollende Wellblechhütte kämpft sich mühsam durch Munkmarsch, den Hügel hinauf, vorbei an Kiesgrube und Golfplatz. In Braderup biegen wir ab Richtung Wenningstedt.

Die Fenster des Citroën sind offen, handgenähte Gardinen mit gelben Entchen auf blauem Grund flattern im Wind.

„Was sagt eigentlich dein Ärztepapa zu der Sache?", frage ich.

„Zu welcher Sache?"

„Du weißt schon", sage ich.

„Stolperstein auf dem Lebensweg", sagt Hummel. „Wörtlich."

„Und trotzdem fährst du ihn besuchen?"

„Ich besuche nicht ihn, sondern Mama. Sie freut sich jedenfalls."

Wir liegen träge im feinkörnigen Sand vor dem Roten Kliff.

Wellen rauschen.

Hummel steckt in einem meergrünen Badeanzug.

„Dein Babybauch ist hübsch", sage ich. „Gefällt mir absolut. Mir gefällt alles, was rund ist. Und an dir ist eine ganze Menge rund."

Vorsichtig lege ich meine Hand auf Hummels Bauch.

Sacht pocht ihr Puls.

Hummel seufzt und legt ihre Hand auf meine.

Hummels Hand auf meiner Hand auf Hummels Bauch mit Hummels Baby.

„Früher hat Till mir ständig Diät-Tipps aufs Handy geschickt", sagt Hummel. „Neulich war es ein Link zu ‚pro familia'."

„Till", sage ich. „Planst du noch mit ihm?"

„Nein", sagt Hummel. „Till ist Geschichte. Endgültig."

Jetzt ist es an mir zu seufzen.

„Lass uns schwimmen gehen", meint Hummel.

Wir stehen im Hafen von List zwischen riesigen Lastern und Wohnwagengespannen.

Die Fähre schiebt sich mit offener Bugklappe langsam an den Terminal heran. Ein Mann in gelbem Ölzeug steht vor der Schranke.

„Falls du noch einen Patenonkel für dein Baby suchst", sage ich, „immer gerne ..."

„Ein Onkel ist gut", sagt Hummel, „ein Vater wäre besser."

„Genau", sage ich. „Wäre mir noch lieber. Ganz wie du magst."

„Du bist doof", kichert Hummel und küsst mich auf die Wange.

Ein Stromstoß durchzuckt meine Haut.

„Das hast du heute schon einmal gesagt", stelle ich fest.

„Was?"

„Dass ich doof bin. Bin ich aber gar nicht. Eher verknallt. Oder verliebt oder was auch immer. Seit dem Tag vor geschätzten zwanzig Jahren, als du mir im Sandkasten die Schaufel über den Kopf gezogen hast, weil ich dir immer deine Backförmchen geklaut habe. Falls du das doof findest ..."

Der Mann in Gelb klopft an die Seitenscheibe, winkt ungeduldig.

„Ich glaube, du solltest jetzt aussteigen", sagt Hummel. „Ich fahre nach Dänemark, mich auf Mamas Schoß ausheulen, und du gehst wieder brav deine Hamburger braten ..."

„Sicher", sage ich.

„Guck nicht so", sagt Hummel und küsst mich noch einmal. Diesmal mitten auf den Mund.

Ihre Lippen sind straff und schmecken nach Salz und Meer.

Ich sitze auf der Kaimauer und schaue dem Fährschiff hinterher, das überraschend schnell kleiner wird. Winke, bis mich mit Sicherheit niemand mehr an Bord sehen kann.

Sollte ich noch irgendwo einen Kaffee trinken?

Eher nicht. Lieber zurück nach Hause.

Irgendwo hinter dem Parkplatz ist die Haltestelle des Inselbusses Richtung Westerland.

Ich schwinge mich von der Mauer und trabe los.

Mein Handy meldet eine neue Nachricht.

Rasch greife ich in die Tasche, zögere dann, lasse das Telefon, wo es ist.

Nein, diese Nachricht werde ich nicht lesen. Nicht jetzt.

Werde sie aufsparen für später.

Und bis dahin hoffen, dass es Hummel ist, die mir schreibt.

Es muss Hummel sein.

Unbedingt.

Die Flüchtende

Heike Heinlein

Der Bahnhof von Westerland empfängt mich wie ein alter Bekannter. Obwohl ich nur eine unter vielen Neuankömmlingen bin, nimmt mich die vertraute Umgebung innig auf. Für einige Augenblicke vergesse ich, dass ich auf der Flucht bin, vergesse die Katastrophe, wegen der ich E. Hals über Kopf verlassen habe, verdränge das Gewicht der Schuld, das um meinen Hals baumelt wie ein Felsbrocken. Ein Atemzug Sylter Luft findet seinen Weg ganz tief in mein Innerstes und breitet sich aus. Ein Willkommensgruß. Der Himmel über mir strahlt tiefblau, als hätte jemand alles Unglück wegradiert. Für einen gnädigen Augenblick gebe ich mich der Illusion hin.

Minuten später passiere ich die Skulptur der dicken Wilhelmine und überquere die Ampel zur Friedrichstraße. Unzählige Touristen stöbern in Boutiquen oder sitzen im Freien vor Kneipen und Kaffees. Sie alle verströmen etwas, das ich verloren habe. Der Begriff „Unbeschwertheit" schießt mir in den Kopf. Ja genau, all diese Menschen sind unbeschwert, genießen ihren Urlaub, so wie auch ich hier unzählige Urlaube genossen habe. Eine zweite Heimat ist Sylt mir geworden nach den vielen Ferienwochen, die ich hier verbracht habe. Allein und später mit Wolfgang, meinem Mann, und noch später mit Tobias, unserem Kind. Was bleibt vom Glück, wenn das Unglück es amputiert hat? Was ist mein Leben noch wert? Ich finde keine Antwort.

Endlich das Meer. Die Hände in den Jackentaschen vergraben betrachte ich die Brandung, dieses uralte Schauspiel, in dem die Wellen an den Strand drängen, als wollten sie Neuland erobern, und doch immer wieder wie von einem unsichtbaren Magneten zurück in die Unendlichkeit gezogen werden. Ich laufe vom Brandenburger Strand in Westerland aus Richtung Wenningstedt. Sand, Himmel, See und Dünengras offenbaren sich wie alte Kameraden. Wie oft ist mir bei diesem Anblick das Herz aufgegangen? Wie oft schon bin ich hier gelaufen? Mit einem Lächeln. Mit einer Zukunft.

Kann man der Schuld entkommen? Oder ist sie eine Schlange, die sich um die Seele der Schuldigen windet und alle Freude, alles Glück aus ihnen quetscht, so dass nichts bleibt als Dunkelheit? Wolfgang hat einmal gesagt, er würde mir alles verzeihen, sogar einen Seitensprung. Als wäre es das Schlimmste, was ihm wiederfahren könnte, wenn ich Sex mit einem anderen Mann hätte. Wie lächerlich ist doch ein Seitensprung angesichts dessen, was ich begangen habe?

Von Westen nähert sich eine Armada Wolken. Ich stampfe durch den Sand, lasse Westerland hinter mir liegen und nähere mich den Holztreppen, die den Aufgang nach Wenningstedt ermöglichen. Oben angekommen kaufe ich ein Fischbrötchen, esse mit schlechtem Gewissen. Die Schlange verbietet mir das Hungergefühl, aber ich halte dagegen, esse Bissen um Bissen, bis nichts mehr übrig ist. Vielleicht lässt sich die Schuld bekämpfen. Aber dieser Kampf würde bis an mein Lebensende dauern. Und schwillt das, was man zu bekämpfen versucht, nicht allmählich zu einem großen Ballon an, der früher oder später explodiert?

Von Wenningstedt aus führt mich mein Weg aufs Rote Kliff, jene berühmte Steilküste, die sich bis nach Kampen erstreckt. Ich gehe aber nur wenige Meter, bis ich eine Holzbank erreiche. Der Blick von hier oben ist atemberaubend. Weißer Sandstrand zieht sich kilometerweit von Süden nach Norden, gespickt mit Strandkörben. Die Nordsee – ein silberner, unruhiger Teppich, der mit der Unendlichkeit verbunden ist. Auf dieser Bank habe ich schon als Kind gesessen, habe mit einer Kamera fotografiert, die meine Eltern mir geschenkt hatten. Auf dieser Bank hat Wolfgang mich gefragt, ob ich seine Frau werden will, und hier habe ich ihm zwei Jahre später verkündet, dass ich schwanger sei. Es ist eine Heile-Welt-Bank, die keinen Kummer kennt und schon gar keine Tragödien. Bis heute.

Ich lehne mich zurück. Höre die Stimme meiner Lieben: hitzige Debatten, zärtliche Gespräche, Alltagsgequengel, Kinderlachen.

Verschüttetes Müsli auf dem Frühstückstisch, der kaputte Rasenmäher, Wolfgang, der seine Lieblingskrawatte nicht findet, die Unordnung im Zimmer meines Sohnes, all diese Bilder ziehen vor meinem geistigen Auge auf. Ich versuche sie festzuhalten, möchte sie umarmen und nie wieder loslassen. Aber da ist noch ein anderes Bild. Ein blonder Junge kommt auf seinem Fahrrad aus einer Nebenstraße. Genau in diesem Augenblick schießt ein dunkelblauer BMW nach vorne. Der Aufprall ist heftig und hört sich seltsam stumpf an. Offensichtlich hat die Fahrerin die Bremse mit dem Gaspedal verwechselt. Deshalb ist das Kind auch sofort tot. Seltsam verrenkt liegt es auf dem Asphalt, seine Augen sind weit geöffnet und blicken ungläubig ins Nichts. Unter seinem Kopf entsteht eine Blutlache. Ein kleiner roter See, der über das Leben triumphiert.

Über mir kreist eine Möwe. Mit ausgebreiteten Flügeln lässt sie sich vom Wind tragen. Hin und wieder stößt sie einen Schrei aus, als wolle sie auf sich aufmerksam machen. Nach einer Weile landet sie nur wenige Meter von mir entfernt im Sand zwischen Dünengräsern. Sie sortiert ihre Federn, putzt sich und schaut mir plötzlich direkt in die Augen. Du bist die Frau, die heute Morgen ihr eigenes Kind überfahren hat, sagt ihr Blick. Einige Sekunden passiert gar nichts. Dann überschwemmt mich der Schmerz, mächtig ist er wie eine Sturmflut. Sein Rauschen verwandelt sich in animalische Schreie, die aus meinem Mund stoßen und über die Nordsee wehen. Ich werfe mich auf die Bank und schlage mit den Fäusten auf das Holz ein, schreie eine Ewigkeit, bis das Rauschen allmählich leiser wird.

Dann endlich fange ich an zu weinen.

Anne

Ana Otera

Als ich Anne kennenlernte, veränderte sich mein Leben.

Zum ersten Mal.

Grundlegend.

Eines Nachmittags saß ich auf dem Rand der Sandkiste und malte mit einem Stöckchen Buchstaben in den Sand. Ich freute mich schon auf den Schulbeginn im September, denn ich wollte ganz schnell lesen lernen. In Büchern steckten bestimmt Geheimnisse. Das war spannender, als hier allein zu sitzen und auf Mama zu warten. Die anderen Kinder waren im Schwimmbad. Da wäre ich jetzt auch gern gewesen. Es war so heiß. Aber sie wollten mich nie dabeihaben, spielten nur mit mir, wenn ihre Mütter es ihnen befahlen.

Da traten zwei rote Schuhe in mein Blickfeld. Eine helle Stimme. „Was machst du da?"

„Ich schreibe."

„Was denn?"

„Buchstaben."

„Ah."

Pause.

„Ich heiße Anne."

Ich blickte in ihre wasserblauen Augen, zögerte, flüsterte: „Ich bin Marie."

„Wollen wir wippen?"

Meinte sie mich? „Ja."

Ich stand auf und wir gingen schweigend zur Wippe. Anne rannte das letzte Stück, rief: „Komm!"

Wir stiegen auf, prüften die Gewichtsverhältnisse,

wurden aber bald immer schneller, sodass wir uns nicht mehr abfangen konnten, hart aufsetzten und in die Höhe geschleudert wurden. Das machte Spaß.

Ich lachte. Anne lachte. Wir lachten.

Es war wunderbar. Atemlos hörten wir schließlich auf.

„Komm, wir gehen in den Schatten!" Sie fasste mich an der Hand, und wir rannten zu einer Bank unter dem Kirschbaum.

„Bist du hier zu Besuch?"

Sie lachte. „Nein. Ich bin heute mit meiner Mutti da eingezogen." Sie zeigte auf ein Haus.

„Da wohne ich auch." Ich lächelte sie an.

Sie lächelte zurück. „Ich mag dich. Wollen wir Freundinnen sein?"

Das fragte sie mich? Mein Herz klopfte zum Zerspringen. Wie gerne wollte ich! Ich nickte freudestrahlend. Dann fiel es mir siedend heiß ein. Ich senkte den Kopf, bedeckte meine linke Wange mit der Hand.

Behutsam legte sie ihre Hand auf meine. „Was hast du da?"

Und ich erzählte ihr, dass etwas in meiner Wangenhöhle gewachsen war, was dort nicht hingehörte und dass man es mir herausoperiert hätte. Sie nickte verständnisvoll. Ich holte tief Luft. Jetzt würde es sich zeigen. „Das war mein Zwilling. Tot."

„Oh!" Sie schaute mich mit großen Augen an. „Dein Zwilling? Du Arme! Das ist traurig."

Keiner hatte das bisher traurig gefunden. Alle waren entweder erschrocken und weggelaufen oder sie hatten nur gelacht und gemeint: „Du spinnst ja!"

Ich schaute Anne an. Ihre Augen schwammen in Tränen.

„Nicht weinen!", flüsterte ich und streichelte scheu ihren Kopf. „Weißt du, er war schon gestorben, bevor ich auf die Welt kam."

Sie berührte ganz zart meine Wange und strich über die Narben.

Ich nahm ihre Hand. „Ja, ich will deine Freundin sein!"

Von da ab waren wir unzertrennlich. Alles teilten wir. Alles unternahmen wir zusammen. Wir kamen in die gleiche Klasse. Saßen nebeneinander. Schwätzten viel und wurden ermahnt.

„Anne, Marie, pst!"

„Marie, Anne, leise!"

Schließlich riefen uns unsere Lehrer und Mitschüler nur noch Annemarie oder Marianne. Auch unsere Mütter taten das.

Anne war forsch und mutig. Schnell machte sie den anderen Kindern klar, dass sie nur mit ihnen spielte, wenn auch ich dabei war. Da sie interessante Ideen hatte, nahm man mich in Kauf. Ich wurde eingeladen und vergaß meine Narben.

Bis ich in die Pubertät kam. Nun wollte ich auch schön sein. Stundenlang saß ich vor dem Spiegel, schminkte die Augen und Wangen, versuchte die Narben zu überdecken. Doch mein Mund blieb schief, und wenn ich lächelte, erschien in meiner Wange eine Delle. Wenn ich aber den Kopf leicht schräg hielt, dabei mit meinen langen Haaren spielte, sie wie einen Vorhang vor meine linke Gesichtshälfte zog und dann lächelte, wirkte das sehr geheimnisvoll. Dachte ich, und träumte von meinem ersten Kuss.

In jenem Sommer saßen Anne und ich oft auf unserer Bank am Spielplatz, pflückten die Kirschen, an die wir heranreichten, und spielten Kirschkernweitspucken. Zwischen den Kirschen wälzten wir unsere Jungmädchen-Probleme, redeten über unsere Körper, die strengen Lehrer, die Mütter und kicherten über die Jungs.

Gegen Ende unseres Schulfests, nach einem langsamen

Tanz, führte mich mein Tanzpartner aus dem Saal und ich erhielt meinen ersten, ungeschickten und viel zu nassen Kuss. Der Junge drängte sich an mich, begrapschte mich und nahm mir die Luft zum Atmen. Nein! Das wollte ich nicht. So nicht. Ich stieß ihn weg und sagte, dass er mich in Ruhe lassen solle.

„Dumme Pute! Was bildest du dir denn ein! Du mit deinem Horrorgesicht! Dich will doch sowieso keiner. Höchstens das Monster aus Frankenstein."

Tief getroffen schlich ich nach Hause. Anne holte mich unterwegs ein, fragte nicht weiter, als ich den Kopf schüttelte, und legte ihren Arm um mich.

Später wollte ich mich am liebsten verkriechen, hielt in der Schule den Kopf wieder gesenkt, damit die Haare mein Elend verdeckten.

Doch Anne ließ das nicht zu. Sie schleifte mich überall mit hin, machte mit deutlichen Worten jedem klar, dass ich dazugehörte. Wem das nicht passte, der konnte auch auf ihre Anwesenheit verzichten.

Dadurch begann ich, wieder Selbstbewusstsein zu entwickeln. Ich hielt den Kopf hoch, schaute jedem direkt in die Augen, der mich anstarrte, auch länger, wenn es sein musste, bis derjenige den Blick senkte.

Eines Nachmittags saßen Anne und ich wieder auf unserer Bank und spuckten Kirschkerne, als sie mich ernst ansah, meine Hand nahm und sagte: „Unsere Freundschaft darf niemals durch einen Jungen zerstört werden. Keiner darf sich zwischen uns drängen. Darauf müssen wir aufpassen. Lass uns das versprechen!"

Feierlich reichten wir uns in die Hand.

Dann erzählte sie von Eike, dem Bruder einer Mitschülerin, der schon studierte und gerne mehr Zeit mit ihr allein verbringen wollte. Er sei aber nicht das Wichtigste in ihrem Leben, das hatte sie ihm gesagt. Und der Sex, den sie hätten, sei eine rein körperliche Angelegenheit. Er habe aus diesem Grunde kein Recht, über sie zu bestimmen.

„Weißt du, Marie, ich will mein Leben genießen. Später für mich selbst sorgen. Niemandem Rede und Antwort stehen müssen. Vor allem von keinem Mann abhängig sein. Weder finanziell noch emotional."

Ich nickte. Ja, so wollte ich das auch. Dachte ich damals.

Nach dem Abitur zogen wir zusammen in eine kleine Universitätsstadt und studierten Pädagogik. Es fiel uns leicht. Wir arbeiteten, machten unsere Prüfungen und hatten Spaß. Wo immer Anne auftauchte, war sie bald von einem Schwarm Männer umringt. Die, die ihr gefielen, nahm sie sich. Die anderen lächelte sie weiterhin vielsagend an.

Einige wollten es dann nicht wahrhaben, dass sie nur ein Abenteuer gewesen waren, und weinten sich bei mir aus. Die tröstete ich, so gut ich konnte. Aber es waren nur die von meiner Freundin abgelegten Männer. Keiner interessierte sich von vornherein für mich.

Als ich aber Dirk kennenlernte, veränderte sich mein Leben.

Zum zweiten Mal.

Grundlegend.

Anne und ich traten gemeinsam an einer großen Schule unsere erste Stelle an. Die Kollegen waren freundlich, die Schüler angenehm. Bald wurde ich von einer Gruppe gefragt, ob ich als Begleitperson mit auf ihre Klassenfahrt kommen möchte. Ihr Klassenlehrer war mir schon aufgefallen, weil er sich eleganter als die anderen Lehrer kleidete. Weder jeansblau noch zerbeulte Hosen. Auch seine Art war angenehm, er strahlte Wärme und Ruhe aus. So sagte ich zu.

Um die Fahrt vorzubereiten, verbrachten wir viel Zeit miteinander. Immer öfter war dann die Atmosphäre zwischen uns aufgeladen. Wenn sich unsere Finger berührten, knisterte es und mein Herz geriet ins Stolpern.

Nach mehrstündiger Zugfahrt kamen wir eines Abends im Jugendseeheim auf Sylt an. Zimmer verteilen, Koffer auspacken, essen und das nähere Gelände erkunden. Dann war Ruhezeit für die Kinder. Dirk und ich tranken in der Cafeteria noch einen Rotwein und gingen im Mondschein zurück zu den Zimmern. Auf halber Strecke hielt er an. „Riech mal!"

Ich schnupperte. Ein salziger Wind brachte den Geruch nach Tang, Fisch und Meer mit sich.

„Hm. Ganz anders als in der Stadt. Und diese Ruhe."

Ich lächelte ihn an. Sein Gesicht kam näher und er küsste mich. Zart. Auf den Mund. Dann nahm er mein Gesicht in beide Hände, hob es empor und küsste mich wieder. „Warte hier! Bin gleich wieder da."

Kurz darauf kam er mit einer Decke zurück, nahm mich bei der Hand und wir liefen in die Dünen. Wir breiteten die Decke aus, setzten uns darauf und betrachteten die Sterne.

Er legte seinen Arm um mich. „Das habe ich mir gewünscht, als ich dich das erste Mal gesehen habe. Dich unter einem Sternenhimmel im Arm zu halten. Du hast so stolz und herausfordernd geschaut. Aber ich wusste, dass du nur nicht willst, dass dir jemand wehtut. Ich tu dir nicht weh. Komm! Küss mich!"

Wir verloren uns in diesem Kuss. Klammerten uns aneinander. Küssten uns mit einer Intensität, die ich nicht kannte. Befreiten uns von allem, was störte, und liebten uns. Langsam, zärtlich. So hatte ich es noch nie erlebt. Ich fühlte mich gehalten und geborgen. Alles war richtig so, wie es passierte. Als ich den Höhepunkt erreichte, musste ich weinen und auch Dirks Augen waren feucht.

„Ich liebe dich!", flüsterten wir gleichzeitig.

Ich weiß nicht mehr genau, warum ich es Anne nicht sofort erzählte. Wahrscheinlich, weil ich dieses Glück erst einmal für mich allein genießen wollte. Ich horchte in mich hinein, prüfte und hinterfragte diese neuen Gefühle. Sie waren stark. Stärker als alles, was ich je empfunden hatte.

Ich wollte diesen Mann, wollte mich an ihn binden. Ein gemeinsames Leben aufbauen. Kinder.

Das Versprechen, das Anne und ich uns damals gegeben hatten, war ja nicht gebrochen. Unsere Freundschaft konnte auch mit Dirk weiter bestehen. Ich beschloss, zu ihr zu fahren und es ihr zu sagen.

Sie öffnete mir die Tür mit zerzausten Haaren und verschleiertem Blick. „Ach, du bist's."

„Komme ich ungelegen?"

„Nun, ich dachte, es sei Dirk. Er wollte nur schnell eine Flasche Sekt kaufen." Sie zwinkerte mir zu.

„Welcher Dirk?"

Sie lächelte fein. „Du kennst ihn. Der, mit dem du auf Klassenfahrt warst."

„Ach so. Hat der nicht eine Freundin?"

„Ja, er hat so etwas gesagt. Aber die merkt das ja nicht. Ich hab ihn halt mal auf einen Kaffee eingeladen, und dann fand ich ihn plötzlich so süß. Kennst mich ja."

„Na, dann geh ich wieder."

„Wir können uns ja morgen treffen und ausgiebig quatschen."

„Gerne. Also dann ..."

Ich rannte aus dem Haus.

Hoffte, dass Dirk mir nicht entgegenkam.

Musste raus aus der Stadt. Laufen. Mich abreagieren.

Warum hatte er mich betrogen? Hätte Anne die Finger

von ihm gelassen, wenn ich ihr von unserer Liebe erzählt hätte? Wie sollte es weitergehen? Die Antwort auf diese Frage fand ich im Wald, auf einer Lichtung.

Als ich mich dort umsah, veränderte sich mein Leben.

Zum dritten Mal.

Grundlegend.

Am nächsten Tag kaufte ich eine Tüte Kirschen. Dann holte ich Anne ab und wir fuhren zu dem Waldstück, in dem ich am Tag zuvor gewesen war. Beim Aussteigen überreichte ich ihr eine vorbereitete Tüte Kirschen und nahm selbst die, die ich gekauft hatte.

Wir liefen und schwatzten und kauten und spuckten und lachten, bis sich Anne beschwerte, dass sie nicht mehr schlucken könne. Ich verstand sie sehr schlecht, denn auch ihre Sprache war inzwischen gestört. Ihr Gesicht lief scharlachrot an und ihr war heiß. Trotzdem war sie heiter, fast euphorisch und bekam auf einmal einen Lachanfall, der in einem Weinkrampf endete. Ich tröstete sie und sie schaute mich aus riesigen Pupillen dankbar an.

Wir waren am Kirschbaum angelangt und ich half ihr, sich unter ihn zu setzen, um sich auszuruhen. Langsam schlossen sich ihre Augen.

Ich verstreute meine gesammelten Kirschkerne, nahm ihre Tüte mit Tollkirschen wieder an mich und fuhr nach Hause.

Vielleicht hatte auch Dirk Lust auf Kirschen?

In the Summer of Sixty-Nine ...

Dr. Karsten Eichner

Ich wollte Axel Springer töten. Damals, im Sommer '69, in seiner Ferienvilla auf Sylt. Wir hatten schon alles vorbereitet. Die Waffen. Das Benzin. Das Fluchtauto. Und natürlich das Boot. Aber es ist dann doch alles anders gekommen. Im Nachhinein bin ich sehr froh darüber. Wenn ich heute auf der Terrasse der „Sansibar" sitze – was ich zugegebenermaßen gern mache, natürlich stets auf meinem Stammplatz, den mir Herbert (der Chef der Sansibar, Sie wissen schon) aus alter Verbundenheit immer frei hält –, einen Pinot Grigio trinke und entspannt hinaus über die Dünen blicke, dann denke ich häufig daran, dass mein Leben auch ganz anders hätte verlaufen können.

Sicher, auch wenn sie mich geschnappt hätten und ich lebenslänglich gekriegt hätte, wäre ich längst wieder draußen. Aber ich würde bestimmt nicht hier auf der Terrasse sitzen, meinen Wein genießen und zufrieden auf mein Leben blicken. Ja, ich habe Erfolg gehabt, viel Geld verdient. Ich habe von dem System profitiert, das ich eigentlich einmal kaputt machen wollte. Ich reise heute gern, spiele Golf mit Handicap 4, habe eine schöne junge Freundin, zwei Exfrauen und drei erwachsene Kinder, die alle einen guten Job haben. Aber wie gesagt, es hätte auch alles ganz anders kommen können. Wenn ich in jener Nacht Axel Springer getötet hätte.

Dass ich es nicht getan habe, lag zu einem guten Teil an Paul und seiner Schwäche für teure Sportwagen. Und zu einem anderen Teil an mir und meiner Schwäche für schöne Frauen. Hätte ich in jener Nacht nicht Biggi in der „Pony-Bar" kennengelernt – vermutlich hätte ich am kommenden Abend einen erneuten Anlauf unternommen. Aber so ist es eben anders gekommen. Und im Nachhinein bin ich sehr froh darüber.

Warum Sie meinen Namen noch nie in den einschlägigen Berichten über die RAF gelesen haben, wollen Sie wissen? Na ja, manchmal wundere ich mich selbst darüber, dass ich es nie auf eines der Fahndungsplakate geschafft habe. Aber ich war auch immer vorsichtig. Die zwei Banküberfälle und die zehn gestohlenen Autos, die der Paul und ich in Hamburg auf dem Kerbholz hatten, hat die Polizei nie mit uns in Verbindung bringen können. Inzwischen kann ich meine Schandtaten von damals ruhig erzählen, denn diese Sachen sind längst verjährt. Mit dem Mord an Axel Springer wäre das anders geworden. Da wäre ich bestimmt in die Liga der Top-Terroristen aufgestiegen. Aber Andreas (ich meine natürlich Andreas Baader, der ist Ihnen bestimmt noch ein Begriff) hatte damals schon irgendwie recht, als er mich als Lusche beschimpft hat, als unsicheren Kantonisten, als Knecht des Kapitals. Nur an dieser letzten Stelle irrte er gewaltig. Ich war nie ein Knecht des Kapitals, immer nur einer der schönen Frauen. Beides ist mir irgendwie immer zugeflogen, und bestimmt war der Andreas auch immer ein wenig neidisch auf meine Frauengeschichten. Solche wie mit der blonden Biggi, die eigentlich Birgitta hieß, aus Schweden stammte und begeisterte FKK-Anhängerin war ...

Aber ich schweife schon wieder ab. Ich wollte Ihnen ja vom Sommer '69 erzählen, von jener schicksalhaften Nacht, in der ich Axel Springer töten wollte. „Enteignet Springer", skandierten damals viele. Wir aber waren noch radikaler: „Tötet Springer", hieß es bei uns. Springer war für uns damals der Teufel in Person. Der Hetzer. Der Bild-Boss, der mit schuld am Tod von Benno Ohnesorg war. Springer musste also weg. Und Paul und ich sollten das erledigen.

Wie gesagt, bis auf zehn Meter war ich schon an ihn heran. Ich sah ihn durch das große Fenster seines hell erleuchteten Wohnzimmers. Er ging auf und ab, trank dabei Whisky aus einem großen Tumbler und goss sich häufig und reichlich nach. Auf dem Sofa saß eine junge blonde Frau – wie ich heute weiß, war sie damals das Kindermädchen und wurde später seine Ehefrau Nummer fünf. Sehen konnten sie mich beide nicht, denn hier draußen war es inzwischen stockdunkel und ich lag gut verborgen hinter einem kleinen Wall, der das Grundstück begrenzte und von einer Hecke aus Wildrosen bekränzt war.

Unser Plan war so einfach wie effektiv. Ich würde warten, bis die Bewohner zu Bett gegangen und es im Haus dunkel geworden war. Dann würde ich mich auf das Grundstück schleichen, bewaffnet mit einem Zehnliterkanister Superbenzin. Den Rest würden die Flammen erledigen, und zwar gründlich. Das Reetdach würde wie Zunder brennen, denn es hatte in den Wochen zuvor nicht ein einziges Mal geregnet. Und vor Fenstern und Türen würde ich extra viel Benzin auskippen, um ein Entkommen zu verhindern. Und falls doch, hatte ich ja noch meine 38er Magnum. Derweil würde Paul, sobald er aus sicherer Entfernung die Flammen sehen würde, den Fluchtwagen starten und mich an der Landstraße auflesen. Noch bevor die Feuerwehr eingetroffen wäre, wären wir längst über alle Berge gewesen. Im Hafen von List lag schon ein Motorboot für uns bereit.

Aber Paul hat natürlich alles gründlich versemmelt. Ich war von Anfang an dagegen gewesen, dass er sich als Fluchtfahrzeug ausgerechnet einen Ferrari ausgeguckt hatte. Auch noch einen Daytona! Den hatten Kumpels von ihm aus Amsterdam „besorgt", umlackiert und mit neuen

Nummernschildern versehen. Schnell war die Kiste ja, das musste ich Paul lassen, und schick sah sie auch aus. Aber für meinen Geschmack war der Wagen viel zu auffällig, selbst für Sylter Verhältnisse. Und den Spritverbrauch des Zwölfzylinders hatte Paul völlig unterschätzt.

Was ich Ihnen jetzt erzähle, ist eine wirklich selten dämliche Räuberpistole, aber jedes Wort ist wahr, ich schwöre es! Also: Während ich immer noch darauf wartete, dass oben im Schlafzimmer endlich die Lichter ausgingen, hörte ich hinter mir ein Geräusch. Nervös fingerte ich nach meiner 38er, denn ich dachte sofort an die Wachleute, die Springer in seiner Furcht vor Kommunisten und Terroristen möglicherweise engagiert hatte. Aber als er näher kam, erkannte ich im Dämmerlicht Paul. Er schien ehrlich erschrocken – und er machte einen ziemlich kleinlauten Eindruck.

Er hatte aber auch allen Grund dazu: Er hatte vergessen, den Schlitten rechtzeitig vollzutanken. Nun stand die Karre leer gefahren am Rand der Landstraße zwischen List und Kampen, und Paul hatte die letzten zwei Kilometer bis zu mir zu Fuß zurückgelegt. Ein Glück, dass ich das Haus noch nicht angezündet hatte. Die Bullen hätten uns doch sofort geschnappt. Wir haben dann kurz beratschlagt und das einzig Vernünftige getan: Wir sind zum Auto zurückmarschiert, mit dem Zehnliterkanister Superbenzin, um den blöden Ferrari wieder zum Laufen zu bringen. Nun hatten wir zwar ein funktionierendes Fluchtauto, aber keinen Sprit mehr für unseren Plan. Und die einzige Tankstelle in der Umgebung hatte natürlich längst geschlossen.

Unseren Anschlagsplan haben wir dann kurzerhand um eine Nacht verschoben. Und uns überlegt, was mir mit dem angebrochenen Abend noch anfangen würden. Wieder war es Pauls Idee, die unser Schicksal bestimmte.

Wir sind dann nämlich in die Pony-Bar gefahren, „um uns an diesem Scheißabend wenigstens noch so richtig volllaufen zu lassen", wie Paul meinte. Bargeld hatten wir ja reichlich dabei, und mit dem Ferrari vor der Hütte ließ uns der Türsteher natürlich auch anstandslos rein.

Ich will es kurz machen: Mit dem Volllaufen lassen wurde es an dem Abend auch nichts. Dafür lernte Paul einen Typen kennen, der ihm den Ferrari noch am Tresen für siebzig Mille abkaufte. Siebzig Mille für eine gestohlene Karre – kein schlechtes Geschäft, selbst für einen RAF-Terroristen. Eigentlich hätte ich stinksauer auf Paul sein müssen, wie er da unser Auto und gleich noch seine Ideale verkaufte. Aber zu diesem Zeitpunkt war ich gerade dabei, in den meerblauen Augen von Biggi zu ertrinken. Irgendwann im Morgengrauen, als wir in ihrem kleinen Apartment auf dem Bett lagen und rauchten, erzählte sie mir dann von ihrem Traum, als Surflehrerin nach Ibiza zu gehen. Und ob ich nicht Lust hätte mitzukommen und neben ihrer Surfschule eine Strandbar aufzumachen.

Sie sehen, so hat sich in dieser Nacht das Leben von Paul und mir entschieden. Springers Nobelhütte hat dann ein paar Jahre später tatsächlich jemand angezündet. Aber da hatten Paul und ich den Terrorismus längst hinter uns gelassen, und Springer auch. Paul ist dann nach Amerika gegangen und ist heute einer der erfolgreichsten Ferrarihändler in Kalifornien – halb Hollywood bestellt die Autos bei ihm. Und ich – ich habe zunächst noch unser Fluchtboot verscherbelt und dann tatsächlich auf Ibiza mein Glück gemacht. Zunächst mit Biggi, dann mit anderen Frauen. Vor ein paar Jahren bin ich zurück nach Sylt gekommen und habe auf Ibiza alle meine Restaurants und Bars verkauft – gerade noch rechtzeitig, bevor die Immobilienblase in Spanien geplatzt ist.

Zumindest damit hatte der Andreas wohl recht: Irgendwie sind wir alle Knechte des Kapitals. Aber wenn ich heute hier so bei meinem Freund Herbert sitze, einen Pinot Grigio trinke und über die Dünen schaue, dann weiß ich, dass ich es damals richtig gemacht habe, in the Summer of Sixty-Nine: Springer nicht zu töten.

Rituale

Thomas Erle

Die Sonne ließ ihre Silberschiffchen mit verschwenderischer Fülle über das Meer gleiten. Ringsum glitzerte der Horizont in diesem Jahr besonders eindrucksvoll. Es war, als fliege sie durch eine schimmernde Wolke aus Perlmutt und Chrom, deren Dimensionen sich ins Ungreifbare auflösten. Christiane hatte das Meer der Karibikinseln gesehen, die Kykladen und den Bosporus, die Wellen am schwarzen Sand von La Palma und die schwere See vor Neufundland. Jeder Ort hatte sie auf seine Weise in den Bann gezogen. Doch nichts war vergleichbar mit dieser Fahrt am frühen Nachmittag über den Hindenburgdamm hinüber nach Sylt.

Wie in jedem Jahr war sie zeitig am Morgen in Köln in den Intercity gestiegen und über Hamburg nach Norden gefahren. Wie in jedem Jahr machte sie einen Abstecher nach Seebüll und verbrachte die Mittagszeit im Noldemuseum, ehe sie zu ihrem eigentlichen Ziel aufbrach. Dies war der Teil der jahrelang gepflegten und lieb gewonnenen Gewohnheiten, den sie nicht mit Gerd teilte. Sie liebte die farbenfrohe Vielfalt des Malers, der wie kein anderer die Welt im Norden auf die Leinwand bannen konnte. Gerd konnte dem „bunten Aquarellkitsch", wie er die Bilder höflich-sarkastisch nannte, nichts abgewinnen. Doch diese Diskrepanz war ebenso Teil ihres Miteinanders geworden wie seine Begeisterung für ausgedehnte Wattwanderungen, die Christiane ihm zuliebe anfangs tapfer mitgemacht hatte. Seit ein paar Jahren verzichtete sie jedoch ebenso darauf, wie er auf den Besuch in Seebüll, auch wenn sie sich dadurch einen Tag weniger sehen konnten.

Die Regionalbahn ruckte während der Fahrt und riss Christiane aus ihren Gedanken. Ein altes Paar waren sie geworden im Gang der Jahre. Ohne Trauschein, ohne Kinder und ohne Katze. Stattdessen vollgestellt mit unzähligen sich wiederholenden Erinnerungen und Gewohnheiten. Der jährliche gemeinsame Urlaub an der Nordsee gehörte dazu. Dem getrennten Beginn folgte stets das immer wiederkehrende Ritual ihres Treffens.

Gerd war bereits am Abend zuvor losgefahren und hatte für eine Nacht ein Zimmer auf der Nachbarinsel Amrum bezogen. Dort würde er am Morgen frühstücken und dabei den Gezeitenkalender studieren, um dann vom dortigen Nordoststrand den langen Weg durchs Watt nach Föhr zu gehen. Allein, nur mit sich und den Naturgewalten. Wenn er dann mit der Fähre kam, würde Christiane ihn am Hafen in Hörnum erwarten. Sie würden etwas essen und trinken und dann fünf Tage und Nächte gemeinsam verbringen. So war es immer gewesen, seit vielen Jahren.

Bisher.

Frau Meike Federsen, die Besitzerin der Ferienpension „Strandrose" in Norddorf auf Amrum, ließ es sich nicht nehmen, an diesem Morgen ihre wenigen Gäste persönlich zu begrüßen. In dem in typisch strengem norddeutschen Charme eingerichteten Frühstücksraum, in dem das Ölbild eines Klippers aus dem neunzehnten Jahrhundert den einzigen nennenswerten Schmuck bildete, saß außer Gerd Schöppke lediglich ein älteres Ehepaar, das sich den von der Tür entferntesten Tisch ausgesucht hatte und durch die Haltung ihrer Köpfe deutlich signalisierte, dass ihnen an Morgenkonversation außerhalb ihrer Zweisamkeit nichts gelegen war. Gerd ließ sich an einem der Tische am Fenster nieder. Trotz des strengen Blickes von Frau Federsen bestand er statt des allgegenwärtigen Friesentees auf einer Kanne heißen Kaffees. Ruhig trank er die ersten Schlucke, fingerte dann eines der Plastikmarmeladetöpfchen auf und begann sich ein Brötchen zu schmieren.

Nach dem Frühstück ging Gerd zurück auf sein Zimmer und legte die übliche Kleidung für eine Wattwanderung an. Derbe Jeans mit weiten Hosenbeinen, ein leichter Pullover zum T-Shirt, darüber der gefütterte, wasserabweisende Anorak. Auf dem Kopf trug er einen breitkrempigen Schlapphut, schließlich leichte Schuhe und Socken, die er später vor dem Gang über den Wattboden ausziehen würde. Ehe er loszog, fiel sein Blick aus dem Fenster. Der Wind blies stetig, aber nicht zu heftig, am Himmel der gewohnte Wechsel von Sonne und Wolken. Es würde ein guter Tag werden.

Es sollte alles sein wie immer. Dazu gehörte, dass Christiane rechtzeitig vor Eintreffen der Abendfähre in Hörnum im Strandcafé sitzen würde. Man würde sie sehen und begrüßen, vielleicht sogar ein paar Worte wechseln. Keine Auffälligkeiten, wenn die Polizei nachfragen würde. Zur Sicherheit studierte sie am Bahnhof in Westerland den Busfahrplan. Es hatte sich seit dem Vorjahr nichts verändert, der Sylter Inselbus ging alle zwanzig Minuten. Christiane nickte zufrieden. Es blieb ihr genügend Zeit für ein Wiedersehen mit der Insel, die sie seit der ersten Begegnung in ihr Herz geschlossen hatte. Wie jedes Jahr wandte sie sich vom Bahnhof aus zunächst zur nahegelegenen St.-Nicolai-Kirche.

Wie zuvor über dem Wattenmeer spiegelte sich die Sonne jetzt auf den glänzenden Schiefern des Langhauses und dem kupfergedeckten Turm. Christiane liebte das Ehrfurcht gebietende riesige Gebäude mit seiner mächtigen Backsteinfassade und den hohen Fenstern, das auf seine Weise einen Haltepunkt bildete inmitten der meerumspülten Insel. Der „Friedhof der Heimatlosen" lag nur wenige Straßen weiter. Statt Gräber Gras, ein paar Blumen, schmucklose Holzkreuze ohne Namen, lediglich mit dem Fundort beschriftet. Letzter Ruheort all derer, die das Meer überwältigt und irgendwann wieder freigegeben hatte.

„… vom Strom der Zeit gespült zum Erdeneiland …"

In diesem Jahr betrachtete Christiane die vertraute alte Inschrift auf dem Gedenkstein mit anderen Augen. Ob Gerd hier auch einmal liegen würde – unerkannt, namenlos? Ob man ihn überhaupt jemals finden würde? Sie erschrak über sich selbst, als sie merkte, dass ihr dieser Gedanke keine Angst machte. Noch nicht einmal Herzklopfen.

Sie schüttelte den Kopf und ging entschlossen weiter. Es war, wie es war. Das Kapitel war zu Ende, das Buch schon seit Langem geschlossen. Mit ihm die Erinnerungen, die schönen wie die unangenehmen. Jetzt ging es nur noch darum, die Sache möglichst geschickt zu Ende zu bringen.

Gerd stand unter der Tür des schmucken Friesenhauses. In dem kargen, aber gepflegten Vorgarten warteten Heckenrosen, Sanddorn und Strandflieder auf die bald bevorstehenden wärmeren Tage. Tief atmete er die frische Morgenluft ein. Sofort spürte er das vertraute Aroma aus Salz, Seetang und Schlick, das es so nur hier an der Nordsee gab. Es würde ein guter Tag werden, wie er schon viele Male in dieser Weise abgelaufen war. Doch in diesem Jahr würde es einen entscheidenden Unterschied geben. Er lächelte, als er an das Geschenk für Christiane dachte. Er hatte es rechtzeitig abgeschickt, und sie würde es dabeihaben.

Alles ging seinen Gang.

Er schloss hinter sich das niedrige, weiß gestrichene

Gartentürchen und wandte sich nach links. Noch war nur wenig Betrieb in dem kleinen Ferienort, die Tagesgäste kamen erst später mit der Fähre und die meisten der Langzeittouristen bevorzugten offensichtlich das gemütliche Ausschlafen und Frühstücken. Es war die Zeit, in der die Bewohner von Norddorf ihre Gemeinde für sich hatten – zum Einkaufen, für den Gang zur Post und für den unvermeidlichen „Schnack", dem schnellen Gespräch unter Vertrauten, das noch im einundzwanzigsten Jahrhundert mühelos die Funktion der Tageszeitung übertraf.

Nach etwa zehn Minuten hatte Gerd den Dorfrand erreicht, wo sich die letzten Häuser hinter den Hecken gegen den Wind duckten. Innerhalb weniger Meter wandelte sich das Ensemble aus sauberen Sträßchen, schmucken Häusern und gepflegten Gärten zur Urwüchsigkeit einer Nordseeinsel, die sich durch vereinzelte niedrige Büsche, spärliches Gras und den allgegenwärtigen Sand auszeichnete. Der jahrhundertealte Wattweg hinüber nach Föhr war nicht ungefährlich, alle rieten entschieden davon ab, ohne Führer hinauszugehen. Doch Gerd war den Weg schon oft gegangen, und heute würde er seinen Marsch genau so beginnen, wie es die Tabelle in seiner Brusttasche vorsah.

Eine falsche Gezeitentabelle! Gerd wusste nicht, worüber er mehr erstaunt sein sollte, über die Art und Weise, wie Christiane es bewerkstelligt hatte, aus der Ferne die kleinen handlichen Zettel auszutauschen, die in der „Strandrose" in den Zimmern auslagen. Oder über ihren naiven Glauben, dass ihm das nicht auffallen würde. Sofort hatte er die Möglichkeiten gesehen, die diese unverhoffte Konstellation mit sich brachte. Er würde ins Watt gehen und auf Nimmerwiedersehen verschwinden. Es würde keine Nachfragen geben, keine unangenehmen polizeili-

147

chen Ermittlungen, noch nicht einmal einen Verdacht.

Das Watt auf der windabgekehrten Seite der Insel glitzerte in der Mittagssonne. Gerd setzte sich am Strand am Rande des Vogelschutzgebiets „Odde" auf einen der großen Poller, die das Land gegen die unbändige Kraft des Meeres schützten. Er zog Schuhe und Strümpfe aus. Die Schuhe band er an den Schnürsenkeln zusammen und hängte sie sich über die Schulter, die Socken stopfte er in seine Jackentasche. Sein Plan stand fest. Er würde bis über den ersten Priel hinauslaufen, dort eine Stunde warten und rechtzeitig mit dem auflaufenden Wasser in einem großen Bogen zurück zum Strand gehen. Diesen Weg hatte er vor einiger Zeit per Zufall entdeckt und ausprobiert. Kaum einer würde es bemerken, wenn er zurückkam.

Ein letztes Mal tastete er nach seiner Brieftasche und seinen Schlüsseln. Er hatte bis auf die Kleider in seiner Reisetasche alles dabei, was er brauchte und konnte später direkt zur Fähre weitergehen. Schon heute Abend würde er zurück in Köln sein, das Nötigste veranlassen und einen Flug gebucht haben.

In ein anderes Leben.

Christiane setzte sich auf eine Bank auf der Deichkrone. Der Wind frischte auf, doch sie blieb sitzen, um seine letzten Stunden zu begleiten. Sie wartete auf ihn, und er kam ihr entgegen. Das Jahre alte Ritual wurde ein letztes Mal erneuert, und das hatte für Christiane etwas Tröstliches. Doch in diesem Jahr war es ein Abschiednehmen von vertrauten Orten, das Ablegen der Erinnerungen.

Natürlich würde Gerd die falschen Tabellen rasch durchschaut haben. Doch das war Teil ihres Plans. Im Überschwang seiner Entdeckung würde er sich dazu verleiten lassen, die anderen Zeichen zu übersehen. Seine

Armbanduhr, das Handy und die Uhr im Frühstücksraum zu verstellen, war schon schwieriger gewesen. Doch auf ihre alte Freundin Meike Federsen war Verlass. Sie war sofort Feuer und Flamme gewesen, als Christiane sie unter dem Siegel der Verschwiegenheit um diesen kleinen Scherz gebeten hatte.

Wenn Gerd nach der richtigen Tabelle und der falschen Zeit losgelaufen war, würde er ziemlich genau gleich weit von Amrum und von Föhr entfernt sein, wenn ihn die Flut ereilte. Es war kein angenehmer Tod zwischen Erfrieren und Ertrinken, wenn der schmale Wasserfilm über dem Watt zuerst unmerklich, dann immer rascher anstieg.

Sie griff in die Tasche, um auch ihren letzten Beitrag zu leisten. Sie öffnete das hübsch eingewickelte Päckchen, das er ihr wie jedes Jahr als Vorgeschmack für ihr Treffen geschickt hatte. Ein leises Schmunzeln glitt über ihr Gesicht, als sie ihr Lieblingskonfekt erkannte, die fein gefüllten Nugat-Trüffel-Kugeln aus der Patisserie „Engel" im Kölner Süden, die sie vor Jahren bei ihrem ersten Besuch kennengelernt hatte. Genussvoll steckte sie sich eine Praline nach der anderen in den Mund. Es schien ein neues Rezept zu sein, dieser leicht-herbe Geschmack, den sie bisher nicht kannte und der die Gesamtkomposition verfeinerte. Vielleicht war es auch der frische Salzgeruch, der in diesem Moment von Westen her über den Deich wehte.

Wie ein letzter Gruß.

Novembersturm

Anke Höhl-Kayser

Der Sturm packte Cordula in dem Moment, als sie die Haustür öffnete. Er vergrub sich zunächst voll ungestümer Innigkeit in ihrer sorgfältig gestylten Frisur, dann riss er sie geradewegs nach draußen in eine leidenschaftliche Umarmung, wobei ihr die Türklinke aus der Hand glitt und die Tür krachend ins Schloss flog. Buchstäblich: Das stellte sich Cordula unter einem stürmischen Liebhaber vor. Er nahm Cordula den Atem und schenkte ihr dafür pure Lebenslust.

Kein Zweifel – Sylt war Rausch. Die Luft wie Champagnerperlen auf der Haut, die Tropfen des Novemberregens wie erfrischende Küsse, die Wolkengebirge am Himmel wie ekstatische Gedanken.

Cordula streckte die Arme aus und jubelte in den Wind. Zum Teufel mit ihrer Frisur! Wen kümmerte das? Sie war auf Sylt, ihr Herz flog mit den Möwen übers Meer und sie fühlte sich so lebendig wie niemals zuvor. Hier, wo das Auge an keine Grenze stieß, war alles möglich.

Sie hatte Peter hinter sich gelassen. Endlich! Sie hatte sich befreit von den Fesseln dieser Partnerschaft mit einem Mann, dem man auf den ersten und auch auf den zweiten Blick nicht ansah, was für ein kranker Geist hinter seinen gut aussehenden Zügen und seinen funkelnden blauen Augen hauste. Einem Mann, der sie zwar einerseits auf Händen getragen hatte, dessen Hände aber auch für anderes gut waren, meist um die Gläser mit dem Whisky in sich hineinzuschütten und anschließend, um Cordula wehzutun.

Er fand leicht Gründe, zum Alkohol zu greifen, und es wurden immer mehr. Wenn er wieder zu sich kam, zerfloss er in Reue und leistete so glaubhaft Abbitte, dass Cordula dieses Spiel drei lange Jahre mitgemacht hatte. Peter übte eine seltsame Anziehungskraft auf sie aus – sie konnte nicht mit ihm sein, und sie war sehr lange überzeugt gewesen, auch nicht ohne ihn sein zu können.

Später, als sein Charme allein nicht mehr ausreichte, seine Gewalttätigkeiten vergessen zu machen, hatte er sich aufs Drohen verlegt.

„Wenn du mich verlässt, Cordula", hatte er ganz leise gesagt, und sie wusste, dass er es ernst meinte, „bringe ich dich um."

Sich aus dieser Umklammerung zu befreien, war in etwa so, als versuche man, eine Boa Constrictor von seinem Hals zu lösen. Es war ein hartes Stück Arbeit, immer an der Grenze zum Scheitern, doch nun hatte Cordula es vollbracht. Mit Hilfe ihrer langjährigen Freundin Sabine, der sie sich nach endlosem Zögern schließlich offenbart hatte, war sie „untergetaucht". Sie war von München nach Sylt in einem Rutsch durchgefahren, hatte um 22 Uhr tatsächlich noch den allerletzten Autozug erwischt und musste feststellen, dass auf dieser Insel die Freiheit auf sie wartete.

Nun wohnte sie in einem Apartmenthaus an der Grenze zwischen Wenningstedt und Westerland. Die kleine Straße hieß „Fernsicht" und der Name war Programm. Vom Fenster ihrer Wohnung aus sah sie über das Kliff auf das Meer, und die Heide und das Nordwäldchen erstreckten sich vor ihr, während aus der Ferne die Westerländer Hochhäuser grüßten.

Sylt im November war wie entvölkert. Der Radweg zwischen Kliff und Heide war menschenleer. Vor den Apartmenthäusern parkten nur ganz wenige Autos.

Das Alleinsein tat gut.

Cordula atmete tief durch: War es möglich, dass sie es

geschafft hatte? Schon vierzehn Tage waren vergangen und Peter hatte sie nicht gefunden. Sabine, bei der sie ihr Handy gelassen hatte, berichtete, dass Peters SMS und seine Anrufversuche aufgehört hatten. Sabine war überzeugt: Peter hatte aufgegeben.

Cordula begann zu glauben, dass sie recht haben könnte.

Sie reckte sich, sog tief den salzduftenden Wind in ihre Lungen und ging hinüber zur Seestraße, bis zum Kliff. An der Holztreppe, die zum Strand hinunterführte, blieb sie stehen, um den Blick zu genießen.

Die Nordsee schäumte, vom Sturm aufgepeitscht, gegen den Strand an. Das Meer stand hoch und bis hier oben bespritzte Gischt Cordulas Brille. Dem wilden Toben zuzusehen, das enorme Kräfte entfesselte, ohne sich gegen sie zu wenden, war Balsam für Cordulas Seele.

Der Wind hetzte riesige weiße Wolken über den Himmel, solche, wie sie nur über einer so flachen Landschaft wie dieser zu sehen waren. Cordula stand nur und schaute. Hier, inmitten des Überflusses an Schönheit, wurden ihre eigenen Sorgen ganz und gar unwichtig.

Während der Wind um sie herum pfiff, nahm sie wahr, dass sich ein Auto näherte. Doch als der Wagen nicht wie erwartet in eine der Parkbuchten einbog, sondern mit quietschenden Reifen vor den Fahrradständern zum Stehen kam, schaute sie doch hoch.

Ihr Herz setzte aus.

Das durfte nicht wahr sein. Es durfte einfach nicht wahr sein.

Peters anthrazitfarbener Mercedes.

Durch die Windschutzscheibe traf sie ein Blick aus kalten blauen Augen, der sie erzittern ließ.

Die Tür schwang auf und Peter stieg mit einer Lässigkeit aus, die ihm nur dann möglich war, wenn er reichlich

Alkohol genossen hatte.

Wie zur Bestätigung trug der Wind Cordula Peters Fahne zu. Cordula wollte sich umdrehen und die Treppe hinunterrennen, aber sie war wie hypnotisiert. Sie starrte auf den silbernen Gegenstand, den Peter in der Hand hielt.

Es war ein Messer. Das Santokumesser, das Peter immer hegte und pflegte. Er benutzte es ständig beim Kochen und hielt es immer scharf. Die breite Klinge war mit rotbraunen Flecken übersät. Eingetrocknetes Blut?

Sie zitterte so, dass sie sich am Treppengeländer festhalten musste. Ihre Zähne schlugen aufeinander. Sie konnte kein Wort herausbringen.

„Hier versteckst du dich also", sagte Peter sanft. „Habe ich dir nicht oft genug gesagt, was passiert, wenn du mich verlässt? Das alles ist deine Schuld, meine Liebe. Auch das mit Sabine. Um euren schönen Plan richtig auszuführen, hättet ihr wohl dein Handy verschwinden lassen oder es wenigstens ausschalten müssen. Das Ortungssystem hatte ich doch längst auf deinem Handy aktiviert. Und es war noch viel einfacher, alles aus Sabine herauszubekommen. Sie war mir beinahe dankbar, als ich dem Ganzen ein Ende bereitet habe."

Tränen strömten über Cordulas Gesicht und machten sie fast blind. Doch dann berührte ein Sonnenstrahl aus den Wolken das Messer und traf Cordulas Augen. Der Bann war gebrochen.

Cordula drehte sich um und rannte. Sie flog förmlich die Treppe hinunter, durch den Sand am Meer entlang. Vor ihr lockten die Tetrapoden, dort war wieder ein Strandabgang, vielleicht kam ja jemand, um ihr zu helfen? Aber die Brandungskante war ganz nah, der Weg zwischen Kliff und Meer schmal. Der Sand war tief und sie kam kaum voran.

Und Peter war schneller. Er war ein geübter Jogger, der

jeden Tag mindestens eine halbe Stunde lief. Er war groß und hatte lange Beine. Cordula hörte seine Schritte hinter sich, sie kamen immer näher.

Dann packte sie eine Hand an der Schulter und riss sie herum. Cordula verlor das Gleichgewicht und fiel in den Sand. Eine vorwitzige auslaufende Welle schob ihre Schaumkrone fragend über Cordulas ausgestreckte Hand, dann zog sie sich zurück.

Peter stand über ihr, breitbeinig und mit triumphierendem Grinsen. „Das war's dann wohl, meine Süße", sagte er mit der heiseren Stimme des geübten Whiskytrinkers.

Er holte mit dem Messer aus und Cordula schloss die Augen. So endete es also. Sie hätte es wissen müssen, dass sie vor Peter nicht fliehen konnte.

Auf einmal war alles still. Vollkommen still.

Cordula begriff nicht – hatte das Messer sie schon getroffen? War sie schon tot? Wie anders konnte es sein, wenn sie das Meer und den Sturm nicht mehr hörte?

Langsam öffnete sie die Augen.

Die Landschaft war in der Bewegung erstarrt. Es schien Cordula, als befände sie sich im Inneren eines Gemäldes.

Nichts regte sich mehr. Über Cordula hing Peters Gestalt wie ein schwarzer Schatten, erstarrt.

Das Meer wirkte wie aus Glas.

Cordula krabbelte unter Peters Beinen hervor und kam unsicher auf die Füße. Aus den Augenwinkeln nahm sie eine Bewegung wahr. Ein Mann war etwa zwanzig Meter vom Strand entfernt aus dem Meer aufgetaucht und kam auf sie zu.

Cordulas Entsetzen hätte ins Bodenlose wachsen müssen. Seltsamerweise war sie innerlich so ruhig wie die unbewegte Landschaft.

Als der Mann auf dem Strand stand, konnte sie erkennen,

wie attraktiv er war. Er hatte ein schmales, scharf geschnittenes Gesicht mit Grübchen in den Wangen. Sein graues Haar stand wild und widerspenstig von seinem Kopf ab und wetteiferte mit einem perfekt gestutzten Dreitagebart darum, ihn gerade in richtigem Maß verwegen aussehen zu lassen.

„Wer sind Sie?", fragte Cordula ganz leise.

„Ich bin Ekke Nekkepenn", antwortete der Mann.

Als sie ihn weiterhin fragend anstarrte, verzog er ironisch das Gesicht und meinte: „Noch nie gehört? Wohl noch nicht lange auf der Insel, was? – Nun, tatsächlich glaubt inzwischen niemand mehr an mich. Vor einigen Jahren habe ich versucht, mich in Erinnerung zu bringen, indem ich die halbe Hörnumer Südspitze abgebrochen habe, aber es hat nichts geholfen."

Dann verneigte er sich vor ihr und sagte: „Der Einfachheit halber: Ich bin ein Meermann. Der Sylter Meermann. Bestandteil nicht enden wollender Sagen und Legenden. Lies mal die Geschichten von Christian Peter Hansen."

In Anbetracht der Tatsache, dass ihr Lebensgefährte gerade versucht hatte, sie umzubringen, war Cordula unglaublich entspannt.

„Danke", sagte sie. „Dass Sie mich gerettet haben."

Der Meermann Ekke Nekkepenn grinste, was seine Grübchen höchst vorteilhaft zur Geltung brachte.

„Keine Ursache", antwortete er. „Aber du weißt sicher, dass ich die Zeit nicht für immer anhalten kann."

„Das macht nichts", sagte Cordula, obwohl ihre Zähne wieder aufeinanderschlugen. „Geben Sie mir einfach Gelegenheit, hier zu verschwinden."

„Ich glaube, der Typ da wird dir keine Ruhe lassen", gab der Meermann zu bedenken.

Cordula begann erneut zu zittern. „Irgendwie schaffe ich

das schon", murmelte sie.

„Weißt du", sagte der Meermann Ekke Nekkepenn nachdenklich, „ich habe eine Schwäche für Damen in Not, besonders, wenn sie die Insel mögen."

Mit Donnergetöse setzte die Zeit wieder ein. Das Meer brüllte und der Wind heulte in Cordulas Ohren. Der Meermann war fort. Peter erwachte wieder zum Leben. Er starrte dorthin, wo Cordula eben noch gelegen hatte und sah mit glasigem Blick um sich. Dann entdeckte er sie einige Schritte entfernt.

„Das wird ja immer schlimmer mit den Halluzinationen", murmelte er schleppend. Er wandte sich zu Cordula um und holte erneut mit dem Messer aus.

Die Brandung rollte an. Eine besonders lang auslaufende Welle gischtete auf Cordula und Peter zu. Den Sandstreifen, auf dem Cordula stand, sparte sie aus, dann spülte sie über Peters Füße.

„Verdammt!", brüllte der. „Was ..."

Weiße, schaumige Arme griffen aus der Welle heraus und umfassten Peters Beine. Er starrte fassungslos an sich herab, versuchte sich freizustrampeln, aber er konnte sich nicht bewegen. Er stach mit dem Messer nach den weißen Armen, ohne das Geringste auszurichten.

Die Welle begann ihn ins Meer hineinzuziehen. Peter brüllte wie ein Wahnsinniger, als er immer tiefer im eiskalten Wasser verschwand. Dann schloss sich die Nordsee über ihm. Es war still. Bis auf das Lied des Windes und des Meeres.

Cordula stand am Strand, während die Sonne durch die Wolken brach und goldene Inseln im Meer aufleuchten ließ.

„Ekke Nekkepenn", flüsterte sie. „Beinahe glaube ich, dass ich an dich glaube."

Rosenseife und Champagner

Silvia Friedrich

Scharf blies der Wind von West und ließ mein Fahrrad schlingern, so dass ich abspringen musste. Es war schon fast dunkel und ich kam von List angeradelt, hatte den Kampener Leuchtturm passiert und konnte bereits die Lichter von Wenningstedt sehen. Eine Woche bei Claasens, wie jedes Jahr im Herbst. Ich liebte die Zeit zwischen Sommer und Winter. Besonders hier auf der Insel, wo es rau war, naturverbunden. Ich liebte es, Teil der Elemente zu sein. Einzutauchen in die Gezeiten, dazuzugehören, einfach so. Hier der Mensch, da die See, der Wind. Sturm beinahe täglich. Verhüllte Gestalten, die einem begegneten. Denen man nicht mehr in die Gesichter schauen musste wie im Sommer, wenn sie lächelnd an einem vorbeistapften durch den Sand. Jetzt war jeder anonym. Vergessene Figuren, sandbestrahlt, die bei Ebbe im Watt standen. Ihre Blicke vermummt, ihre Seelen schon winterfest verpackt. Getarnt im wasserdichten Anorak fühlte ich mich wohl, bewegte mich freier am Strand und auf den Wiesen im Inneren der Insel.

Der Wind frischte auf. Ich schob mein Rad und hatte Mühe, dass es nicht angehoben wurde, um waagerecht davonzuschweben wie ein Rahsegel aus Metall. Wieder und wieder saugten die Böen an meinem Gefährt, versuchten es mir zu entreißen. Kurz vor Denghoog hätten sie es beinahe geschafft. Mit beiden Fäusten umklammerte ich den Lenker. Die Hände ganz nass, da leichter Nieselregen einsetzte. Nur noch wenig Wegstrecke trennte mich von einem heißem Bad, Tee mit Rum, warmen Socken.

Dämmerung und Regen nahmen mir beinahe vollends die Sicht, so dass ich die Gestalt, die da fast unbeweglich am Steingrab verharrte, zunächst gar nicht wahrnahm. Erst beim Näherkommen, erkannte ich die langen Haare, rötlich und gewellt. Da stand eine Frau. Sie trug ein Stirnband, aus Weiden geflochten, eine Kette mit braunen Steinen, einen Umhang um die Schultern und sie zitterte.

„Kann ich helfen?", fragte ich und sah in ihr weißliches Gesicht.

Da sie nicht reagierte, schob ich weiter. Nicht jedoch, ohne mich noch einmal umzudrehen. Sie stand immer noch da, schaute kümmerlich aus ihrem sackartigen Umhang, der immer nasser wurde, und strich sich die Haare aus dem Antlitz. Der Regen nahm zu, Sturm schnitt mir die Luft ab, zerrte an meiner Jacke.

„Hallo!", rief ich in die Regenwand hinein. Schutzsuchend hielt ich beide Hände vor das Gesicht. Mein Rad fiel augenblicklich zu Boden. Als ich aufsah, lag das Steingrab da wie immer. Bäche liefen den Hügel herab, bahnten sich kleine Flussläufe bis hin zu meinen Füßen. Sie war weg, spurlos verschwunden.

„Seltsame Begegnung", ging es mir durch den Kopf, als ich im Bademantel auf dem Sessel nahe dem Fenster hockte. Der Tee in meiner Tasse dampfte. Kandisklumpen lösten sich darin geräuschvoll auf. Draußen schüttete es noch immer. Ohne Unterlass stürzte das Wasser aus den Wolken, schlug gegen die Scheiben. Ein gleichbleibendes Geräusch. Nur hin und wieder veränderte der Sturm die Intensität des Rauschens, ließ die Wassermengen mal lauter, mal leiser gegen das Glas klatschen. Jetzt war es fast, als ob jemand Steinchen an die Scheiben warf. Mühsam erhob ich mich aus meinem Sitzmöbel, verschüttete dabei etwas

Tee und schaute hinaus. Eine Straßenlaterne beleuchtete den kleinen Weltuntergang draußen. Am Weg zum Denghoog war jemand. Die Frau stand da. Ihr Gesicht vom Licht der Straßenlaterne erhellt. Sie schaute mich an, mir genau in die Augen. Ich erschrak, wich vom Fenster zurück. Ich tat so, als hätte ich sie nicht gesehen. Was ging es mich an? Andere sahen nie etwas, gingen vorbei, lebten in ihrer Welt und waren beschäftigt. Ich hingegen sah und hörte und nahm wahr. Ich wollte das nicht, aber es ergab sich. Einfach so, weil ich fast nur allein unterwegs war. Ich sprach nicht. Jedenfalls nicht laut. War nicht abgelenkt von Unterhaltungen über Kleidung, Schuhe, den neuesten Film im Kino gleich gegenüber. Ich dachte und schaute, meine Hauptbeschäftigungen.

In dieser Nacht schlief ich schlecht. Erst im Morgengrauen überfiel mich ein Dämmerschlaf, aus dem ich immer wieder erwachte, aufgeschreckt durch Zerrbilder der Fantasie. Im Traum stand ich der Fremden gegenüber. Sie sprach mich an, sagte mir, dass sie aus einer anderen Zeit käme. Wenn man von ihr gesehen werde, hätte man sein altes Leben gelebt, sollte man abschließen mit dem, was war. Jetzt sei es Zeit für eine Veränderung. Schweißgebadet wachte ich auf. Welch ungute Fantasien hatten mich da eben gequält? Die Sonne kroch durch die Vorhänge und ließ mich das Unwetter und seine Auswirkungen vergessen. Vielleicht war alles Einbildung, ich ein Opfer meiner Hirngespinste? Ich riss das Fenster auf. Blitzeblank dehnte sich die Natur in allen Grünschattierungen vor mir aus. Ein Lufthauch liebkoste das Wasser im Dorfteich, wirbelte Wellen um die Enten, die sich im Blau tummelten, untertauchten und mit Schwung wieder an die Oberfläche stießen. Ich beschloss, eine Wanderung zu machen. Den Odem der Insel einzusaugen, der Tatsache hinterherzuspionieren, dass die Luft hier wie Champagner perlte. Ich zog mich an, sprang flugs die Treppen hinunter, die wegen ihres hohen Alters schon gefährlich knarzten. Die Haustür stand auf. Durch die Rosen rechts im Garten schlich die Nachbarkatze, sah kurz auf und gab sich wieder ihrer Beschäftigung hin. Katze von rechts nach links. Oder war es anders herum?

„Moin", tönte es hinter mir. Der alte Claasen saß auf der Bank vorm Haus. Wir tauschten ein paar Belanglosigkeiten aus, mutmaßten, dass das Wetter sich vielleicht halten könnte, und schauten den Enten zu.

„Sag mal, Herr Claasen", mein nächtliches Erlebnis spukte mir im Kopf.

Der Alte holte seine Pfeife aus der Jacke und begann sie zu säubern.

„Hast du die Frau auch gesehen?"

Wenn er jetzt bejahte, war es alles doch kein Albtraum gewesen.

„Welche Frau? Ich sehe viele Frauen täglich. Das heißt, so viele inzwischen auch nicht mehr. Das war früher anders." Er schmunzelte.

„Ich meine die gestern Nacht im Regen auf der Straße?"

„Wer sollte sich denn bei dem Wetter draußen hinstellen?" Er sprach das „st" hamburgisch aus, jeden Buchstaben für sich.

„Ja, merkwürdig. Ich sah sie beim Denghoog und ..."

„Beim Denghoog?" Claasen unterbrach seine Säuberungsaktion.

„Weißt du was über die Frau, Herr Claasen?", bohrte ich weiter.

„Man weiß ja nicht so ganz genau, wozu die inne Jungsteinzeit die Grabanlage gebraucht haben. Vielleicht eine Opferstätte?"

„Was? Meine Güte, Herr Claasen."

„Und wenn die Geister nicht zur Ruhe kommen?"

„Ach, Claasen, das ist doch Seemannsgarn", murrte ich, konnte jedoch die Gänsehaut an meinen Armen nicht ignorieren.

„Wie sah sie denn aus?", fragte der Alte.

„Ein Umhang, rote Haare, ein Weidenband im Haar."

„Passt schon inne Jungsteinzeit, oder?" Claasen hatte seine Pfeife zu Ende gesäubert, stopfte Tabakkrümel hinein, zündete sie an und schaute dem Rauch hinterher: „Hat sie denn gesprochen?"

Ich schüttelte den Kopf.

„Wäre spannend gewesen zu wissen, wie die sprachen."

„Claasen, ich gehe jetzt lieber. Verschluck dich nicht an der Pfeife."

Er wünschte mir einen schönen Tag und ich ging. Und wie von selbst geriet ich wieder auf den Weg Richtung Denghoog. Einige Vögel tirilierten, der Wind blies sanft aus Südwest und erinnerte in nichts an seinen Auftritt in der letzten Nacht. Ich ließ die Blicke über die Landschaft ziehen. Weite! Nur hin und wieder stellte sich ein Haus der Sicht in den Weg. Die Luft schmeckte nach Rosenseife. Rosenseife und Champagner. Nicht jedermanns Geschmack. Nun stand ich wieder vor dem Grabhügel. Ein paar Touristen kletterten mühsam aus dem Reich der Unterwelt an die Oberfläche ins Heute. Ein Reiseleiter palaverte über die Geschichte des Ortes. Er stand mir abgewandt, so dass ich ihn nicht genau sehen konnte.

„Man fand in der Grabkammer Reste einer unverbrannten Leiche, einen Zahn von einem Rind, Beile, Hohlmeißel und Bernsteinperlen", sagte er und drehte sich um. Ein Hugh-Grant-in-Jung-Typ. Meine Güte, welche Schönheit kramte da in der trockenen Jungsteinzeit herum? Ich konnte nicht umhin, ihn ein wenig genauer zu betrachten.

Hatte er eben ‚Bernsteinperlen' gesagt? Ich dachte an die Kette der Frau von gestern. Sahen die nicht aus wie ...?

„Entschuldigung. Gehört das Ihnen?"

Ein Kind zupfte an meiner Jacke.

Ich sah nach unten.

Das Mädchen hielt mir ein unscheinbares Flechtwerk entgegen. Der Weidenkranz. Es war eindeutig der Haarschmuck der Frau von gestern. Sie musste ihn hier verloren haben.

„Äh, ja danke", sagte ich und nahm es ihr aus der Hand. Es fühlte sich kalt an, nass, strohig. Ich ließ meine Finger darüber gleiten, hielt inne, besah es von allen Seiten. Beinahe verfiel ich dem Gedanken, dass das nun ein Relikt von damals sein könnte. So ein Irrsinn. Da hatte Claasen Schuld mit seinen verquasten Ideen. Ich warf es weg und ging weiter. Nicht jedoch, ohne noch einmal zurückzuschauen. Mister Grant sprach weiter auf seine Reisegruppe ein. Hatte er mich wahrgenommen? Sicher nicht.

Ich mochte so ungefähr zwei Stunden stramm marschiert sein, immer in Richtung Norden am Strand entlang. Kampen lag hinter mir, das Rote Kliff hatte ich passiert. An Buhne 16 tummelte sich ein Pärchen. Eng umschlungen lag es im Sand. Am Horizont zogen Vogelschwärme über das Meer. Sicher auf dem Weg nach Süden. Zwei Männer in Uniform standen in den Dünen. Dort, wo man eigentlich nicht stehen durfte. Sylter Polizisten, die irgendjemand hier abgestellt zu haben schien. Am Himmel zeigten sich nun erste Regenwolken und ich beschloss, meinen Marsch abzubrechen. Der Wind blies inzwischen stärker. Ich bahnte mir meinen Weg zur Straße, um eine Busstation zu finden. Unwirklich schön war es hier, wenn auch ein wenig einsam. Eine Landschaft wie in den Wüsten Amerikas oder irgendwo auf einem fernen Planeten. Ab und zu radelten noch Menschen an mir vorbei, sie hatten jedoch ihre Schwierigkeiten, wegen des aufkommenden schlechten Wetters gegen den Sturm zu gewinnen.

Regen setzte ein. Unerwartet, schnell und unerbittlich. Wie so oft auf dieser Insel. Kein Erbarmen mit den Kreaturen, die sich hier freiwillig herbegaben, um immer wieder festzustellen, was Unwetter bedeutete. Die wieder und wieder den Entschluss verfluchten, angereist zu sein und es dann doch erneut taten. So wie ich.

Es goss in Strömen. Ich hatte die Straße erreicht, fand die Haltestelle nicht und marschierte entlang des Weges. Die Autos passierten mich, preschten durch die Pfützen. Ab und an glaubte ich, verdutzte Gesichter in den Metallkisten der höheren Preiskategorie zu sehen. Wie kann man nur, schienen die Insassen zu denken. Niemand hielt an. Wahrscheinlich aus Angst um ihre Ledersitze. Ich fühlte, wie das Wasser mein Gesicht herunterlief, aus den Haaren direkt in die Schuhe. Und dann ein Wunder. Ein Auto hielt. Der Fahrer beugte sich aus der Beifahrertür: „Wollen Sie mitfahren?"

Es war Mister Grant von Denghoog!

„Irgendwann kann man nicht mehr nasser werden", hatte Andy MacDowell in „Vier Hochzeiten und ein Todesfall" beim Happy End gesagt. Sollte das hier jetzt so was Ähnliches werden?

„Ich bin ganz nass", rief ich und versuchte dabei irgendwie gut auszusehen. Er machte eine Handbewegung, die so etwas wie „einsteigen" bedeutete.

Und schon saß ich drin in der anderen Welt. Die Lüftung blies Tropenluft in den Innenraum, leise Musik dudelte, neben mir dieser Schönling. Das musste der Himmel sein.

„Ich muss nach Wenningstedt", sagte ich.

„Da sind wir aber hier auf der falschen Route", lächelte er.

„Ich bin falsch gelaufen", bekannte ich, „das passiert mir leider öfter."

Ohne meine so wunderbar zweideutige Bemerkung zu kommentieren, drehte er auf der Straße um, fuhr in die andere Richtung und hielt kurze Zeit später unter der Straßenlaterne, wo gestern Nacht die Frau gestanden hatte. Jetzt fiel sie mir wieder ein.

„Möchten Sie noch einen Tee?" Beinahe schämte ich mich, so aufdringlich zu sein.

„Leider, ein Termin", holte mich Grant 2 zurück in den Inselsand.

„Schon klar, danke noch mal." Ich huschte aus dem Auto.

„Wie wäre es morgen hier um sieben?" Seine Augen lachten, die Haare fielen ihm in die Stirn, und als er sie wegwischte in dieser einen bestimmten Weise, merkte ich, dass es für mich kein Zurück mehr gab. Die Jungsteinzeit und ihre Bewohner konnten mir an diesem Abend gestohlen bleiben. Es war eine wunderbare Nacht voller wilder Träume.

Der Morgen zeigte sich freundlich. Die Sonne hatte gute Laune und ich sprang die Treppen hinunter in den Garten.

„Moin moin!", rief Claasen, der wieder auf seiner Bank hockte.

„Die Polizei suchte eine Frau", sagte er geheimnisvoll. „Die ist in Hamburg aus der Psychiatrie ausgebüxt und per Anhalter bis hier gefahren. Gestern wurde sie am Strand aufgegriffen. So findet alles sein gutes Ende." Er zwinkerte mich an.

„Ich fahre in die Stadt", flötete ich, schwang mich aufs

Rad und strahlte unterwegs die Leute an. Nach Stunden fand ich ein Kleid. Ich wollte umwerfend aussehen heute. Der Abend kam und ich stand aufgeregt am Fenster. Endlich bog mein Lebensretterauto in den Weg ein und hielt wie gestern unter der Laterne. Einmal durchgeatmet und die Treppen hinunter. Knacks! Mist! Genau auf der letzten Stufe knickte ich um und humpelte nach draußen. Grant 2 sprang mir sofort entgegen: „Haben Sie sich verletzt?" Er schaute auf meinen Fuß.

„Nein, ich schaue grade, in welchen Alltagsdingen Sie noch zu gebrauchen sind. Gestern im Regen waren Sie sehr nützlich!"

Er lachte. Ich sah ihn an und hielt ein wenig die Luft an, weil er umwerfend aussah. Jede Frau im Universum würde mich beneiden.

„Was machen Sie, außer Menschen von der Jungsteinzeit zu berichten?"

„Ich bin Archäologe aus Hamburg. Mache die Inselführung, weil ich hier noch mein Elternhaus habe. Ein Ferienjob sozusagen."

Ich wusste nicht, wohin er fuhr. Egal, ich genoss jede Sekunde. Irgendwann hielten wir, wanderten am Strand entlang, setzten uns in den Sand, nah ans Meer. Da, wo sich Himmel und Wasser am Horizont trafen, bewegten sich ein paar Fischkutter nach der Melodie von La Paloma vor der untergehenden Sonne.

„Wollen wir uns unsere Namen verraten?" Seine Schönheit machte mir weiche Knie.

„Hugo. Furchtbar, oder?", sagte er.

„Nein, wunderschön", antwortete ich.

„Da bist du die Erste." Er lachte wieder.

„Die Erste und mein Name ist Gretl ohne ‚e'." Ich kam ihm bedenklich nahe.

Als sich unsere Lippen berührten, fühlte ich den ersten Sylter Tsunami heranrollen. Und dann erwischte uns tatsächlich das ansteigende Wasser. Gischt spritzte und eine Woge nahm Besitz von vier Beinen. Wir lachten, flohen kriechend vor weiteren Wasserattacken davon und ließen uns in den Sand fallen. Hugo legte seinen Kopf auf meinen Schoß, schaute in den Himmel. Ich strich ihm durch das Haar. Als ich mich umsah, nahm ich eine Gestalt wahr. Eine Frau stand da in einiger Entfernung. Sie hatte lange rote Haare, trug einen Umhang und lächelte mir zu.

Lange und intensiv.

Die Macht der Petersilie

Petra Fuhrmann

Das hatte sie nun davon!

Da saß sie in einem der bequemen Strandkörbe der Sansibar – der rechte war es, ganz außen – und ließ sich ihr Gesicht von der brennenden Sylter Mittagssonne bräunen, während ihr halblanges blondes Haar in den seichten Windböen flatterte. Die aus dunklem Holz geschnitzte Figur mit dem grimmigen Gesicht, wohl ein Gast aus den Weiten Afrikas, seit Jahren fest verankert mit dem Dünenboden und dem Wetter trotzend, blinzelte ihr verschwörerisch zu. Vor ihr, auf dem mit silbriger Patina überzogenen Holztisch, stand ein halb leeres Glas Prosecco.

Ach, eigentlich ging es ihr jetzt gar nicht mehr so schlecht! Die Halsschmerzen hatten nachgelassen und der Schwindel, der sie so plötzlich überfallen hatte, war verschwunden. Das Lachen und Jauchzen der Kinder von dem Sandspielplatz und das Gemurmel der anderen Gäste der Sansibar störte sie auch nicht mehr.

Aber diese Geschichte, so lauschig und urlaubsentspannend sie auch klingen mag, möchte von vorne erzählt werden!

Heike Kehlmann, erfolgreiche Managerin in einem Automobilkonzern und mit über vierzig Jahren eine gestandene Geschäftsmännin, war mit ihren ein Meter vierundneunzig zu groß für eine Frau. Das war jedenfalls ihre Meinung, als sie beobachtete, dass eine Freundin nach der anderen – alle kleiner und zierlicher gebaut als sie – an der Seite ihrer frisch angetrauten Ehemänner vom Traualtar in eine kleine gemeinsame Zukunft schritten. Es war ja nicht so, dass sie keine Anziehung auf die männliche Gattung ausgeübt hätte, nein, ganz im Gegenteil. Die blonde Haarmähne, die funkelnden grauen Augen und die langen, schlanken Beine zogen die Männer in Scharen an. Doch auf Dauer machten diese Reize ihr Gesicht mit dem stutenähnlichen Gebiss nicht wett.

So dachte sie jedenfalls, und nur in ihren einsamsten Momenten gestand sie sich ein, dass es auch an ihrem vielleicht etwas herben Charme und der verbalen Bissigkeit liegen könnte, die sie sich in den letzten Jahren angeeignet hatte. Aber nur vielleicht, wie gesagt.

Einmal im Jahr gönnte sich Heike Kehlmann eine sommerliche Auszeit auf Sylt. Sonne satt, unendliche Spaziergänge am Strand und das beste Fischessen, das die Nordsee hergab. Zwei wunderbare, erholsame Wochen, die sie stets mit ihrer Freundin Janine in Westerland in einem Apartment mit Reetdach verbrachte – der freie Blick auf das Südwäldchen inklusive.

An einem Abend verhieß jedoch der Blick aus dem Fenster nichts Gutes.

„Das gibt's ja gar nicht", stöhnte Heike, als sie die dicken Gewitterwolken erblickte, die von Westen über den Dünen und den Bäumen aufzogen. „Regen, und das gleich am zweiten Abend!"

„Macht nichts, Süße! Ich weiß, was wir heute Abend machen, und dazu brauchen wir kein gutes Wetter." Flugs riss Janine einen Ausschnitt aus einem der aktuellen „Sylt life"-Magazine und schob ihn Heike rüber.

„Neeein, wirklich? Ist das dein Ernst? Bloß nicht so ein Mordgeschnoddere." Ungläubig bis ergeben ließ Heike ihre Schultern sinken. Sie kannte Janines Vorliebe für Lesungen, und als sie in der Vorankündigung las: „Berühmter Krimiautor aus Kampen liest aus seinem neuesten Werk", da wusste sie, dass an diesem Abend die leckere Fischplatte vergeblich auf sie warten würde.

„Küss die Hand, Madame."

Seine rauchige Stimme ließ Heike erschauern und fasziniert sah sie zu, wie sich Herbert Markewskis dunkler, mit silbernen Strähnen durchzogener Haarschopf über ihre Hand beugte.

Wow, wow, WOW!, dachte sie verzückt und in ihrem Magen begann ein Flummi unkontrolliert auf und ab zu hüpfen. Ihr Gesicht musste ganze Erzählbände sprechen, denn sie erntete von Janine einen so giftigen Blick, dass die Sache mit der Salzsäule – würde sie funktionieren – noch untertrieben wäre.

„Herr Markewski!", flötete diese nun und schob sich durch das Gedrängel der Zuhörer, die zum Abschluss der Lesung noch in kleinen Grüppchen plaudernd herumstanden, unaufhaltsam heran.

Herbert Markewski hob den Kopf, strich sich eine der wippenden Haarsträhnen aus dem Gesicht und lächelte Heike verschwörerisch an. Seine Lippen zuckten belustigt und Heike fragte sich benommen, ob sich dieses Zucken wohl auch zu einem Kussmund erweitern ließ. Vielleicht ... aber in Anbetracht der vielen Leute um sie herum ... und des leichten Geruchs nach Abwasser, der aus der Teeküche des Alten Kurhauses heraus waberte ...

„Sie sind ein Genie, Herr Markewski! Wirklich, Sie haben ein äußerst beeindruckendes Talent." Janines Stimme riss sie aus ihren Überlegungen und für einen Moment hatte Heike – passend zu diesem Krimiabend – lüsterne Mordgedanken. „Sie schreiben so lebendig ... so realistisch. Als ob Ihre Geschichten im wirklichen Leben tatsächlich passieren könnten!"

„Guten Abend, verehrte Zuhörerin. Schön, dass Sie meiner kleinen Geschichte gelauscht haben", begrüßte sie Herbert Markewski und seine Eloquenz überstrahlte den schummerigen Raum mit der hohen Decke und dem Bogenfenster, das zu dieser späten Stunde noch den letzten Abendschimmer hineinließ. Heike war hin und weg, vor allem, weil der Blick seiner blauen Augen immer wieder den ihren suchte.

„Aber Sie übertreiben ein wenig, meine Liebe! Schreiben ist Arbeit, nichts als harte Arbeit. Vielleicht gepaart mit ein wenig unbedeutendem Talent." Er schmunzelte. „Aber herzlichen Dank für dieses reizende Kompliment."

„Na ja, die Auszüge, die Sie eben vorgetragen haben, waren schon sehr packend geschrieben", warf Heike ein und meinte es trotz ihrer Krimiphobie aufrichtig. Herbert Markewski hatte es tatsächlich in Kürze geschafft, Heike mit seinem Roman „Tod, Teufel und ein Küchenutensil" von diesem blutigen Genre zu überzeugen.

„Ja", Janines Stimme überschlug sich fast. „Und die Idee, einen Induktionsherd als Mordwaffe zu benutzen, ist einfach unschlagbar. Pech für das Opfer, dass es einen Herzschrittmacher hatte und der Täter es nur noch gegen die angeschaltete Herdstelle pressen musste und ..." Ihre Stimme ging im Geschnatter der anderen Gäste unter.

Herbert Markewski blickte Heike mit gequältem Gesichtsausdruck an und das Einzige, was sie noch denken konnte, bevor das Östrogen in ihr explodierte, war: Er ist bestimmt an die zwei Meter groß – das passt!

In den nächsten Tagen sahen Heike und Janine sich nicht allzu oft. Genauer gesagt bekam Heike es gar nicht mit, dass Janine abreiste, denn sie hatte ihren Urlaub verlängert und war mit Sack und Pack in Herberts rot geklinkertem Haus in Kampen eingezogen. Reetgedeckt und frisch renoviert. Mit Blick auf die Dünen im Westen und einem schnuckeligen Garten, in dem zwischen kleinen rosa Rosen ein Meer aus weißen Dolden erstrahlte, das das Anwesen aufleuchten ließ. Egal aus welchem Fenster man schaute, die weiße Pracht war überall und ein feiner Knoblauchgeruch lag in der Luft.

„Wunderschön", hatte Heike gehaucht und ihre Hand zwischen die seidenweichen Blüten gleiten lassen.

Herbert zuckte mit den Schultern und brummte etwas von „irgend so einer Petersilienart", die sich gerade breitmachen würde.

Auch das Interieur raubte Heike den Atem. Weiße Möbel, flauschige Teppiche, ein Kronleuchter mit schimmerndem Licht und in der Küche ein Induktionsherd. Heike lachte, als sie ihn sah, und Herbert stimmte schallend ein.

Die Tage waren warm und sonnig, die Nächte kühl und fröstelig. Die Zeit begann zu rasen. Heike war glücklich, unendlich glücklich. Aus den weißen Dolden der Petersilie bastelte sie Trockensträuße, die sie im Haus verteilte, und ihr Leben als Managerin war weit, weit weg. Alles in allem ein wunderbarer Zustand – nur mit dem Induktionsherd wurde sie nicht warm. Zum einen brummte er zu laut, zum anderen musste sie immer an die Mordwaffe in „Tod, Teufel und ein Küchenutensil" denken. Und das verursachte ihr eine Gänsehaut.

„Sag mal, Herbert", fragte sie dann auch eines Abends, „die Sache mit dem Induktionsherd ... das war doch nur künstlerische Freiheit, oder?"

Herbert stutzte und blickte sie fragend an, während er ihren Salat mit der Petersilie aus dem Garten reichlich bestreute. Jeden Abend stapfte er, mit Gartenhandschuhen und Küchenmesser bewaffnet, hinaus und erntete das würzige Kraut. Er selbst hasste den latenten Duft nach Knoblauch, den die Petersilie verströmte, und er verzichtete standhaft darauf.

Als er begriff, auf was sie mit ihrer Frage anspielte, schüttelte er lächelnd den Kopf.

„Du bist so neugierig, Süße! Und ich dachte, nur ich müsste immer alles wissen!"

Er gab ihr einen sanften Kuss.

Und er küsste so wahnsinnig gut! Heike schmolz dahin, ihr Puls raste und sie vergaß für diesen Abend das Brennen in ihrem Mund und die leichte Übelkeit, die sie seit Tagen quälte.

Doch die Symptome ließen sich nicht dauerhaft verdrängen. Ihr brach der kalte Schweiß aus bei dem Gedanken, dass sie die letzten Tage ihres Urlaubs krank werden würde.

Eines späten Vormittags hatte sie das Gefühl, das Haus und sie würden sich um das letzte bisschen Sauerstoff streiten. Sie zog ihre Strickjacke an, schlenderte im Garten umher und atmete tief die frische Seeluft ein. Sie bewunderte gerade wieder das sanfte Wogen der weißen Blüten, als die Stimme der Nachbarin, Frau Pütz, zu ihr herüber schallte.

„Sagen Sie mal, wollen Sie das Zeug nicht endlich mal entsorgen?"

Fragend sah Heike die Nachbarin an.

„Entsorgen?"

„Ja, diese Hundspetersilie in Ihrem Garten. Die ist hochgradig giftig. Wissen Sie das denn nicht? Ich verstehe überhaupt nicht, warum Herr Markewski die nicht rausreißt. Sie wächst wirklich nur in Ihrem und sonst keinem anderen Garten. Im Gegenteil – Herr Markewski scheint sie eher noch zu züchten! Unverantwortlich so etwas."

Kopfschüttelnd marschierte Frau Pütz von dannen.

Heikes Gedankengänge mahlten wie in Zeitlupe und langsam, ganz langsam erstarrte sie. Zugegeben, sie war oftmals nicht die Schnellste – aber dennoch manifestierte sich der Induktionsherd vor ihrem inneren Auge.

Frau Pütz war schon fast wieder an ihrem Haus angelangt, als Heike rief: „Sagen Sie, gab es hier vielleicht so etwas wie – sagen wir mal – einen Unfall?"

Frau Pütz' Kopf schoss herum und die Antwort kam wie aus der Pistole geschossen. „Einer der Handwerker ist während der Renovierung gestorben!"

„Was hatte er denn?" Heikes Stimme piepste und ihre Luftröhre schien nur noch den Durchmesser eines Strohhalmes zu haben.

„Na, Herzinfarkt in der Küche – und schwupps war's passiert!"

Okay, dachte Heike, ich muss überlegen.

Am besten in Ruhe und bei einem Glas Prosecco, das half immer. Sie setzte sich in ihren Mini Cooper und brauste zur Sansibar. Zum Glück war ihr Lieblingsstrandkorb – der rechte, ganz außen – frei. In ihm hatte sie all die Jahre unzählige Stunden mit Janine verbracht und waschechte Frauengespräche geführt.

Ihr Prosecco kam rasch und sie prostete der Holzfigur vor ihr zu.

„Na, Kumpel! Größe ist halt nicht alles im Leben, nicht wahr?", flüsterte sie und lächelte unverbindlich, als das starre tote Ding ihr huldvoll zublinzelte. Sehstörungen der schlimmsten Art, das war eindeutig!

Der Schweiß rann ihr trotz des Windes an den Schläfen herab und ein leises Röcheln entschlüpfte ihrer Kehle. Unbeholfen tastete sie nach ihrem Smartphone. Dann würde sie mal im Internet recherchieren, was so die Eigenheiten einer Hundspetersilie waren. Sie war schließlich Managerin, eine Frau der Zahlen und Fakten, doch das elektronische Helferlein rutschte ihr aus der kraftlosen Hand und landete – von der Schwerkraft unaufhaltsam angezogen – mit einem dumpfen Plopp in dem weißen Sylter Sand.

Das Lachen der Kinder vom nahen Spielplatz rückte nach und nach in die Ferne. Kein Wunder, dass seine Kriminalromane so ein Erfolg waren. Was hatte Janine gesagt? Lebendig? Realistisch? Oh ja, das würde Heike Kehlmann auf der Stelle bezeugen, und in dem Moment, als alles so leicht und wunderbar einfach wurde, fragte sie sich, ob wohl der neueste Kriminalroman des Erfolgsschriftstellers Herbert Markewski aus Kampen auch so einen lächerlichen Titel wie „Tod, Teufel und ein Küchenutensil" tragen würde.

Ja, das hatte sie nun davon!

Mermaid

Esther Engelen

Als sie über ihn stolperte, ging im Osten gerade die Sonne auf.

Lange vor Tagesanbruch war sie aus dem elterlichen Haus geschlüpft, um hier am Lister Ellenbogen entlang zum kürzlich in Betrieb genommenen Ostfeuer zu wandern. Mit seinem roten Band um den weißen Bauch war er ihr von den beiden Lister Leuchttürmen der Liebste. Sie konnte sich noch erinnern, wie aufgeregt sie gewesen war, als die Bauarbeiten aufgenommen wurden. Damals hatte es begonnen, dass sie sich, kaum zehn Jahre alt, heimlich aus dem Haus schlich, wann immer sie der Mutter im allgemeinen Trubel entwischen konnte.

Nun, sechs Jahre später, hatte sie an manchen Tagen das Gefühl, als sei schon ihr ganzes Leben an ihr vorbeigezogen. Als sei sie eine alte Frau, die auf viele Jahrzehnte zurückblickte und deren Resümee ernüchternd ausfiel.

„Sobald dieser unselige Krieg gegen die Dänen vorbei ist", hatte der Vater vor drei Wochen zu ihr gesagt, „sobald hier wieder Ruhe herrscht, wird der Hansen dich zum Altar führen."

Ausgerechnet der Hansen! Ein alternder Walfangkapitän, der im letzten Jahr einen Arm und damit auch seinen Broterwerb verloren hatte. Schnell hatte er jedoch begriffen, dass sich immer noch genügend Geld machen ließ, wenn er sein Schiff verpachtete. Und so fuhren nun andere für ihn zur See, während er daheimblieb und von Monat zu Monat reicher und fetter wurde.

Die junge Frau schüttelte sich angewidert beim

Gedanken an ihren Verlobten. Es war nicht der fehlende Arm, der sie abstieß, sondern sein schleimiges Gebaren. Die Blicke, mit denen er sie bedachte und – Herr im Himmel sei gnädig! – die vierzig Jahre Altersunterschied. Warum ausgerechnet der Hansen? Sie hätte mit Freuden jeden der jungen Burschen aus dem Dorf geheiratet, und hätten sie noch so wenig Eigentum.

Doch ihr Wort und das der Mutter hatten wenig Gewicht, wenn der Vater fest entschlossen war.

„Tröste dich, Kind!", hatte die Mutter ihr zugeflüstert. „Wenn du dem Hansen sein Weib geworden bist, wird es dir finanziell an nichts mangeln. Und mit etwas Glück findest du doch noch die Liebe in dieser Ehe."

Die Stimme der Mutter sagte deutlich, dass diese ihren eigenen Worten nicht glaubte, und auch sie selbst vertraute nicht auf diese Hoffnung, eher darauf, dass er früh sterben würde. Derart in düstere Gedanken verstrickt lief sie eine kleine Düne hinunter. Mit Tränen in den Augen war es nicht verwunderlich, dass sie ins Stolpern geriet.

Ein kurzer Schreckenslaut entwich ihr, als sie vornüber fiel und auf allen Vieren landete. Sie musste kichern ob so viel Ungeschicklichkeit. Sie rappelte sich im Dünensand zum Sitzen auf und dabei fiel ihr Blick zurück auf die Ursache ihres Stolperns. Sie schrie voller Entsetzen und Furcht auf. Gleich zu ihren Füßen lag ein junger Mann! Vollkommen reglos – beinahe wie tot!

Mehrere Herzschläge lang saß sie völlig erstarrt und konnte keinen klaren Gedanken fassen. Wer war er? Woher kam er? Letzte Nacht hatte es keinen Sturm gegeben und doch kam er ganz offensichtlich aus dem Meer.

Seine Kleidung war schmutzig! Hemd und Hose völlig zerrissen, nachdem das Meer ihn ausgespuckt und hier an Land gespült hatte. Seine Knie waren blutig aufgeschlagen und auf seiner Stirn prangte eine Platzwunde.

Sie raffte sich auf und tastete mit fliegenden Fingern nach seinem Herzschlag. Vor Erleichterung seufzte sie, als sie den kräftigen und regelmäßigen Puls fühlte. Doch es stand nicht gut um ihn, seine Haut war klamm und blass und die Platzwunde sah wirklich furchterregend aus. Rasch breitete sie ihr Schultertuch über seinem Brustkorb aus, um ihm ein wenig Wärme zu spenden. Vorsichtig strich sie ihm eine einzelne Strähne aus der Stirn.

Ein leises Lächeln huschte über ihr Gesicht, als sie seine natürliche Schönheit registrierte. Es war eine Schönheit, die keiner teuren Kleidung, Frisierkunst oder eitlem Gehabe bedurfte. Selbst in seinem jetzigen Zustand – blutig, mit zerrissener Kleidung und ohne Sinne – strahlte er eine Attraktivität aus, die atemberaubend war.

Sein Haar wirkte im Dämmerlicht rabenschwarz, und unwillkürlich fragte sie sich, welche Farbe wohl seine Augen hatten. Ob sie so grün wie die ihren waren? Oder eisblau wie die der Großmutter, die der Herrgott im letzten Winter zu sich genommen hatte? Vielleicht waren sie auch braun, so wie die Augen des Bruders, der für immer auf See geblieben war.

Ihr eigenes Herz raste, als sie ihm in einem Anflug von Wagemut ganz sacht und kurz mit dem Zeigefinger über seine Unterlippe fuhr. Bestimmt lachte er gern und viel, die feinen Fältchen um seine Augen sprachen dafür.

Sanft tupfte sie mit ihrem Taschentuch das Blut fort, das ihm die Schläfe hinab bis zum Kinn gelaufen und dort getrocknet war. In Gedanken stellte sie sich vor, wie sie ihn die nächsten Tage und Wochen pflegen würde, wie er wieder zu Bewusstsein kommen und sie jedes Mal anlächeln würde, wenn sie ihm einen Teller mit Brühe brachte oder ein kühlendes Tuch für seine Stirn. Ihre Wangen röteten sich, als sie sich vorstellte, wie sie zusammen spazieren gehen würden, sobald er wieder gesund war. Wie er ihre Hand halten und ihr schließlich seine Gefühle gestehen würde.

Plötzlich musste sie verschämt lachen und sie schüttelte ihren Kopf ob der dummen und kindlichen Gedanken, die sie hegte. Bestimmt hatte er irgendwo eine Familie, die auf ihn wartete und zu der er bald zurückkehren würde. Wer weiß, vielleicht war er schon verheiratet und seine junge Frau hoffte und bangte jeden Tag, dass er sicher zu ihr zurückkam.

Sie sah auf und spähte angestrengt blinzelnd gegen das Sonnenlicht Richtung Ostfeuer und stellte mit Erschrecken fest, dass das Feuer bereits gelöscht worden war. Sie musste sich beeilen, zum Leuchtturm zu kommen, um Hilfe zu holen. Der Leuchtturmwärter war ein großer, kräftiger Mann. Er würde keine Schwierigkeiten haben, den Jüngeren zu tragen.

Gerade als sie sich erheben wollte, kam ihr ein Gedanke, der sie zögern ließ. Was, wenn der Verletzte tatsächlich Familie hatte und fortgehen würde, sobald er genesen war? Was, wenn er sie für ein linkisches junges Ding hielt, das seiner Aufmerksamkeit nicht wert war?

Sie biss sich auf die Unterlippe und sah unschlüssig zu ihm hinab. Wenn sie es tun würde, niemand außer ihr selbst würde davon wissen. Niemand könnte ihr etwas vorwerfen.

Noch immer innerlich zaudernd kniete sie sich wieder neben ihn. Schnell blickte sie sich nach allen Seiten um, ob sie noch immer allein war, dann stützte sie ihre Hände links und rechts seines Kopfes auf, beugte sich hinab und küsste ihn.

Erschrocken von ihrem eigenen Mut löste sie die Verbindung schon nach einem Lidschlag und schrie, zum dritten Mal an diesem Morgen, auf.

Seine sturmgrauen Augen sahen sie überrascht an. „Mermaid!", hauchte er mit schwacher Stimme und lächelte leicht. „Du har et smukke øjne!"

Noch einmal stieß sie einen Laut des Erschreckens aus und versuchte auf die Beine zu kommen. Sie taumelte ein paar Schritte von ihm fort und starrte ihn entgeistert an. Sie war sich nicht sicher, was sie mehr entsetzte: dass er genau in dem Moment zu sich gekommen war, als sie ihn küsste, oder dass er dänisch sprach und dies nur bedeuten konnte, dass er ...

„Geht es dir gut, Mädchen?", fragte eine tiefe Stimme zu ihrer Linken. „Ich hab dich schreien hören und bin hergekommen. Der Bursche ist dir doch nicht zu nahe getreten?" Der Leuchtturmwärter des Ostfeuers stand mit Besorgnis im Blick an ihrer Seite. Sie hatte ihn nicht kommen hören. Wie viel mochte er gesehen haben?

„Er ist Däne!", war alles, was sie hervorbrachte, bevor sie haltlos zu kichern begann. Ob er ihr etwas angetan hatte? Eher war sie ihm zu nahe getreten.

Der Leuchtturmwärter murmelte etwas vor sich hin und ging dann auf den jungen Mann zu. Er beugte sich über ihn und legte seine massigen Hände um dessen Hals.

„Dreh dich um, Mädchen!", sagte er über seine Schulter. „Besser du siehst nicht hin. – So weit kommt es noch, dass so ein dreckiger Fremder unsere Frauen anfasst."

Der junge Mann griff nach den Händen, die ihn würgten, doch der Kampf mit dem Meer hatte ihn schon zu viel Kraft gekostet, als dass er sich hätte angemessen wehren können.

Sie selbst stand da, gelähmt vor Entsetzen, und war nicht in der Lage, das Missverständnis aufzuklären.

„Mermaid", hatte er sie genannt! Angelächelt hatte er sie! Und dabei hatte nichts Hinterhältiges in seinem Blick gelegen.

Mit den Augen tastete sie ihre nähere Umgebung nach einem bestimmten Gegenstand ab.

„Du musst einen finden, der genau in deine Hand passt", hatte ihr Bruder immer gesagt. „Wenn er zu groß ist, kannst du ihn nicht sicher fassen und dein Schlag ist ohne jede Kraft. Ist er zu klein, wirst du nur dir selbst wehtun."

Mit einem faustgroßen Stein in der Hand erhob sie sich wieder und überwand die Distanz zu den zwei Männern. Mit einem letzten Blick auf das puterrote Gesicht des jungen Dänen hob sie den Stein und schlug zu.

oder

Martin Rehbock

ich habe unseren Kellner wiedergesehen, wir haben ihn den alten Kellner genannt, aber du hattest wohl recht, so alt kann er nicht gewesen sein, Anfang fünfzig vielleicht, er war jedenfalls die zentrale Figur in dem kleinen Restaurant, erinnerst du dich, er hat immer freundlich gelacht, wenn wir in der Ecke saßen und uns einen Pfannkuchen geteilt haben und du dich aufgeregt hast über all die Leute, die sich diese Ganzkörperservietten im Nacken zusammenbinden ließen, die es zu den Windbeuteln gab, wie eine Uniform, hast du gestöhnt, eine Kompanie von Soldaten des klebrigen Genusses, der Armee aus Windbeuteln mutig entgegen blickend, freundlich gelacht hat er da, ein Krieg der besseren Sorte, da konnte man bei dir noch eine Spur Fröhlichkeit entdecken, jedenfalls, der Kellner, ich habe ihn am Strand gesehen, er saß da im Sand, zur besten Windbeutel-Zeit, hinter ihm ragten die Rohre der Sandvorspülung auf, Sandvorspülung, diese kosmetische Operation am offenen Herzen, hast du immer gesagt, wer weint denn schon, wenn Kampen endlich im Meer versinkt, diese Ort gewordene Beleidigung des gesunden Menschenverstandes, voll mit schlaffen öffentlich-rechtlichen Samstagabendgesichtern, ihren gelifteten Ehefrauen, ihren blutjungen Mätressen, dazu die blassen, bartlosen Bankenlieblinge, die mit ihren Internetbuden die ersten substanzlosen Millionen einkassiert haben, diese riesige Testosteron-Blase unterm Reet, da muss es doch irgendwann das Dach heben, das garantiere ich dir, aber abends in unserer kleinen Ferienwohnung hast du die warme

Badewanne auch genossen und die weichen Handtü-
cher und den Rotwein, der hat fünfundzwanzig Mark die
Flasche gekostet damals, eigentlich viel zu viel für uns, und
manchmal hast du nach zwei Gläsern das Licht ausgemacht
und nach mir getastet

morgens dann deine verschlafenen blauen Augen über der
dampfenden Teetasse, draußen der Regen, du bist wieder
ins Bett gegangen, unter die Decke, nur dein Kopf schaute
raus, und ich habe dich angesehen und dich einfach gefragt,
ohne Vorsatz, ohne Stehgeiger, ohne einen im Nachtisch
versteckten Diamantring, einfach so, und nach ein paar
Wimpernschlägen hast du Ja gesagt, und dann war es
lange still und keiner hat sich gerührt und ich wusste nicht,
was ich tun sollte, und du hast gesagt, du weißt ja schon,
dass wir seelenallein sind, das weißt du, und ich bin zu dir
ins Bett gekrochen und wollte dir beweisen, dass das nicht
stimmt, niemand ist eine Insel, nicht mal Sylt, wenn man
es genau betrachtet, und hinterher lagst du da mit diesem
Blick aus Leere und Langeweile, nicht einmal eine Halb-
insel, keine Fährverbindung, kein Leuchtturm, nur dein
Unterschenkel schimmerte im fahlen Licht

einmal hat dir der alte Kellner sogar eine Hose ausgeliehen,
die Kellnerinnen-Hose einer Kollegin, wir waren vom
Regen überrascht worden und saßen tropfend in unserer
Ecke, da kam er mit Handtüchern und der Hose, meine
Größe hätten sie leider nicht, aber für dich hätte er etwas
Passendes gefunden, wenn du wolltest, gelächelt hast du,
die Hose saß, als wäre es deine eigene, daran musst du
dich doch erinnern, er hatte den Tee schon auf den Tisch
gestellt, als du vom Umziehen zurückkamst, und jetzt, als
ich ihn am Strand gesehen habe, habe ich mich gewun-

dert, warum er nicht bei der Arbeit ist, deswegen bin ich ins Restaurant gegangen, ich habe nach ihm gefragt, aber die junge Frau hinter dem Tresen hat nur mit den Schultern gezuckt, die kannte ihn nicht, ein alter Kellner wäre noch nie hier gewesen, aber beim Rausgehen hat mich eine ältere Dame an ihren Tisch gewunken, sie hatte meine Frage gehört, und bei einem Windbeutel hat sie erzählt, dass vor ein paar Jahren eine junge Frau aus Hamburg hier als Kellnerin angefangen hat, eine alleinerziehende Mutter, die aus der Stadt raus musste, einen Neuanfang machen, ihre fünfjährige Tochter war bei der Oma geblieben, da war irgendwas, das man nicht rausfand, nichts über den Kindsvater, misstrauisch seien die Leute gewesen, allerhand Gerüchte im Umlauf, aber unser Kellner lernt sie geduldig an, hilft ihr dabei, ein besseres Zimmer zu finden, stellt ihr die Einheimischen vor, sorgt für einen sicheren Umgang mit den Touristen, und eines Morgens im Herbst wird sie gesehen, wie sie aus seinem Haus kommt, mit denselben Kleidern am Leib, die sie am Tag vorher auch schon anhatte, sie läuft zu ihrem Zimmer, zieht sich um, ist pünktlich bei der Arbeit, und als er die Brötchen und die Zeitung holen geht, wird er schon angeschaut, beobachtet, besprochen, er schert sich nicht darum, sie kommt immer öfter morgens aus seinem Haus, und dann kommt zum ersten Mal die Tochter zu Besuch für ein paar Tage, und er ist rührend zu ihr, zurückhaltend, sammelt Muscheln mit ihr, sie fahren auf dem Piratenschiff, sie schlendern geduldig durch die alte Halle am Hafen, in der es allerhand buntes, glitzerndes Zeug gibt, und gehen auf ein Fischbrötchen zu dem kapitalistischen Krabbenpuler, wie du ihn immer nanntest, ich wüsste gerne, was du heute zu seinen Filialen in den deutschen Hauptbahnhöfen sagst, fest installiert in der Hauptstadt, irgendwo anders mit dieser riesigen

weißen Limousine in die Mitte einer Eingangshalle geprü-
gelt für ein paar Wochen, fernab von List, Sylt-Gefühl für
die Heerscharen von Großstädtern, die jedes Jahr mit ihren
Kofferräumen voller Sehnsucht über den Damm fahren,
den Kofferräumen, auf denen der markante Hakenumriss
klebt, als wäre es das Zeichen einer Sektenzugehörigkeit,
deine Worte

genau über diesen Damm fährt sie mit der Tochter nach
Hamburg zurück, zwei Tage frei hat sie sich genommen
für die Reise, er steht winkend am Bahnhof, und als er
zwei Wochen später gebeten wird, ihre Sachen aus ihrem
gemieteten Zimmer zu räumen, hat er den Beweis für
etwas, das er schon längst wusste, nämlich, dass sie nicht
mehr bei sich trug als das, was in ihrer schmalen Handta-
sche Platz hatte, und im Restaurant hängt auf dem Weg
zu den Toiletten an der Wand ein Bild, das die Belegschaft
zeigt von vor ein paar Jahren, da steht unser Kellner neben
einer jungen Frau mit zweigleisigem Gesicht, das muss sie
sein, er trägt sein eingedrücktes Lächeln zur Schau, über
dem Foto hängt das große Modell eines Fisches, filius aure-
anum, Sohn des Goldes, eine Bezeichnung, die sich auf
die golddurchwirkten Schuppen des klobigen Fischleibes
bezieht, ich stelle mir vor, dass er ihr diesen lateinischen
Namen übersetzt hat mit dem Hinweis, dass der Fisch zwar
goldfarben, aber hässlich ist, ihm wäre anderes lieber,
eine Herzenssache, von der dir nur der Anfang gefallen
hätte, ich höre dich noch, mit den Gefühlen gewöhnt man
sich den Pessimismus ab, hast du doziert, Optimismus ist
nur Mangel an Information, das hattest du mal irgendwo
gelesen, und die Informationen kamen zu ihm im Dorf,
obwohl er sie gar nicht bestellt hatte, kamen an jedem
Tag, an dem sie mit verschlafenen Haaren aus seinem

Haus ging, an Informationen kein Mangel, mit der Zeitung bekam er sie schon morgens über den Tresen gereicht mit Blicken und Getuschel, schließlich ging sie ganz, dann ging er in Rente, und als ich ihn am Strand so angesehen habe, kam mir dein Beharren darauf, dass nur diejenigen scharfe Linien ins Gesicht geprägt bekommen, die wirklich fühlen, wieder einmal so albern vor, sein Gesicht war rundlich und rot, mit einer weißen Flaumschicht auf den Wangen, er sah aus wie der Weihnachtsmann, dessen Schlitten hier gestrandet ist, das letzte Mal waren wir auch über Weihnachten und Silvester hier, selbst da war das Staunen noch nicht ganz vorbei, und vielleicht hast du Sylt gar nicht gehasst, sondern uns auf Sylt, weil wir so weit von dem entfernt waren, was du dir für dich erhofft hast, weil du dich einem Leben versprochen gefühlt hast, das du gar nicht wolltest, weil du gemerkt hast, dass kein guter Vorsatz ausreichen könnte, egal was du dir vornähmest

aber ich halte jede Wette, dass du manchmal in deinem Hauptbahnhof ein Bratheringbrötchen isst, und selbst wenn du den Geschmack in deinem Mund danach mit einem Pfefferminz betäubst, hast du an Sylt und an mich gedacht, an die Rapskäfer, die einen Sommer lang jeden Millimeter der gelben Strandkörbe eingenommen hatten, diese Strandkörbe, die ich jetzt nicht mehr finde, vielleicht, weil man sich inzwischen nicht mehr so gerne von der Zigarettenlobby was an den Strand stellen lässt, damals haben wir die Käfer mit den Händen sanft vom Sitzbezug geschoben, aber es kamen immer neue nach, ein mühevolles Geduldsspiel, du hast gelacht dabei, bis wir endlich mit dem Rücken gegen den Fünf-Buchstaben-Schriftzug gelehnt da saßen, da warst du plötzlich ganz still und hast aufs Meer geschaut, und als ich die auch für die Rapskäfer

unter Umständen todbringende Tabakindustrie brand-
marken wollte, hast du mich mit einem zärtlichen Lächeln
zum Schweigen gebracht, du bist ja noch schlimmer als ich,
hast du gesagt, und dann bist du an meiner Schulter einge-
schlafen, einfach so, und am Abend hast du sogar einen
Windbeutel gegessen, den einzigen Windbeutel, den ich
dich je habe essen sehen, und auch unser Kellner hat den
Kopf geschüttelt, was ist denn mit Ihnen passiert, die Frage
hast du mir ein halbes Jahr später beantwortet, und ich
weiß, dass du jetzt wie jedes Jahr wieder zum Urlaub in
eurem Haus in Südfrankreich bist, mit deinen drei Kindern
und deinem Zahnarzt, aber du warst doch auch glücklich
mit mir auf Sylt,
oder

Edes Sommer
Aus dem Tagebuch eines Westerländer Strandkorbs

Christoph Koos

1. April

Hurra, die Sommersaison beginnt! Habe heute mein dunkles Winterlager verlassen und bin an den Westerländer Kurstrand transportiert worden. Was für ein Gefühl von Freiheit, nach den langen Monaten in muffiger Enge endlich die frische Meeresluft einatmen zu können. Und zur Feier des Tages haben sich auch noch alle Wolken verzogen und Platz für den stahlblauen Himmel gemacht. Habe mir die Sonne auf Polster und Geflecht scheinen und mich von ihr wärmen lassen. Am Anfang der Saison ist die Luft immer am frischesten. Und das Meer duftet so herrlich! Als wenn die Natur die Zeit genutzt hätte, sich von den vielen Touristen zu erholen. Dabei scheint Sylt längst ein Ganzjahresziel geworden zu sein. Kalle, der Strandwärter, hat seinem Kumpel nämlich erzählt, dass er neuerdings in den Wintermonaten Glühwein auf der Friedrichstraße verkauft. Muss sich ja lohnen, denn Kalle hat, sagen wir einmal, die Arbeit nicht gerade erfunden und den Winter bislang hinter heimischem Ofen oder in Steffens Kajüte bei Pils und Friesengeist verbracht. Ich jedenfalls habe mir die letzten Monate alle Mühe gegeben, nicht zu rosten und auch von Spanflecken verschont zu bleiben. Zum Dank hat Kalle mich in diesem Jahr erstmals in die vorderste Reihe hinter dem Meer gestellt. So kann der Sommer beginnen!

15. April

Wie unhöflich! Ich habe mich gar nicht vorgestellt: Mein

Name ist Ede, ich bin sieben Jahre alt und zähle damit zu den älteren der mehr als dreitausend Strandkörbe hier am Westerländer Hauptstrand. Ich wurde bei der Sylter Strandkorbmanufaktur in Rantum hergestellt – mit blau-weiß gestreiftem Polster und weißem Geflecht, das immer noch tadellos ist. Und das, obwohl man als Strandkorb auf diesem Teil des Sylter Strandes immer ganz besonders beansprucht wird. Denn in Westerland gibt es nicht nur die Langzeitmieter, die mich zwei oder drei Wochen am Stück nutzen und mir in der Zeit auch einmal ein paar Tage Ruhe gönnen, an denen sie shoppen gehen, mit den Adler-schiffen zu den Seehundsbänken fahren oder dem Lister Naturgewaltenmuseum einen Besuch abstatten. Sondern auch viele Tagestouristen, so dass man sich immer wieder auf jemand Neues einstellen muss.

So, wie auf das Ehepaar heute, meine ersten Gäste! Da habe ich ja gleich zu Saisonbeginn einen Fang gemacht ... Er hat direkt Kalle angemotzt, dass ich ja total versandet sei. Dabei hat mich dieser gestern extra mit dem Rücken zum Meer gedreht, damit ich schön sauber bleibe. Ich fand das am Anfang immer blöd, da ich so, statt aufs weite Meer zu schauen, die Dünen angucken muss. Seit ich einmal abends vergessen wurde und die ganze Nacht Windstärke acht aus Nord-West ertragen musste, weiß ich seinen Einsatz aber durchaus zu schätzen! Zurück zu besagtem Ehepaar. Bei meinem Glück haben die mich gleich für zwei Wochen gebucht. Aber vielleicht tauschen sie mich noch gegen einen meiner Kumpels aus. In der Vorsaison ist das durchaus möglich.

17. April
Heute hat mein Kollege Fred die ersten Besucher bekommen. Ich mag Fred nicht besonders, da er mal

eine Zeit lang nach Kampen ausgeliehen wurde und sich seitdem für etwas Besseres hält. Insofern gönne ich ihm die junge Familie mit den zwei Kindern im Alter von drei und fünf Jahren! Der Ältere hat direkt angefangen, mit seinem Plastikball gegen Freds Rücken zu schießen, während der Kleinere mit Hilfe seines Vaters eine riesige Grube um Fred ausgehoben hat. Sie nennen es Strandburg, ich eher Strandgrab. Kalle schimpft auch immer wie ein Rohrspatz, wenn er die Burgen sieht. Er sagt, dass damit die Insel viel leichter Opfer von Wind und Wellen wird. Meine Besucher stören sich eher am Lärm, der durch die Kinderschreie und natürlich das Klopfen des Balls verursacht wird. Das haben sie der jungen Familie auch schon unmissverständlich mitgeteilt, worauf es eine erste handfeste Auseinandersetzung gab. Fred sagt, die hätten ihn auch für zwei Wochen gemietet. Das kann ja heiter werden ...

20. April
Habe ein paar ruhige Tage hinter mir. Die Motzer haben (vor mir oder vor den Kindern nebenan) das Weite gesucht. Freds Gäste hingegen haben sich heute zum ersten Mal in die Fluten gestürzt – bei vierzehn Grad eine wahre Heldentat!

30. April
Yippie! Ich habe eine neue Einquartierung bekommen! Und noch dazu ein junges Liebespaar! Mann, sind die süß. Verbringen bestimmt ihren ersten gemeinsamen Urlaub hier auf Sylt. Sie hat sich extra für ihn einen neuen Bikini gekauft. Und er hat ihr einen Sylter Kuss aus Schokolade geschenkt. Nach dem Baden hat er ihr liebevoll den Rücken eingecremt und sie ihm ein Brötchen geschmiert. Ach, warum kann man nicht immer solche Gäste haben.

Muss unweigerlich an die zwei Düsseldorfer vom Oktober letzten Jahres denken. Die sind erst kurz vor Sonnenuntergang gekommen. Er hatte eine Flasche Champagner und zwei Gläser dabei. Und als der rote Feuerball den Horizont berührte, hat er ihr einen Heiratsantrag gemacht. Ich bin eigentlich nicht so der Romantiker, aber da habe ich doch ein paar Tränchen der Rührung vergossen. Die beiden sind dann noch eine Weile bei mir geblieben. Habe mich an ihrer Wärme erfreut – und dezent beiseite geschaut ...

1. Mai

Das ist ja mal wieder typisch: Kaum hat man nette Gäste, fängt es an zu regnen! Die feuchte Ladung von oben kam schon in der Nacht, so dass mein Liebespaar gar nicht erst am Strand erschienen ist. Auch baden ist heute niemand gegangen, obwohl die Wassertemperatur laut Kalles Holztafel höher als die Außentemperatur ist. Habe meine romantische Stimmung vom Vortag ausgenutzt, um mit Lucie, dem kleinen rot-weiß gestreiften Strandkorb hinter mir, ein bisschen zu flirten. Sie ist noch ganz neu hier und hatte Angst, dass der Regen ihr hübsches Polster kaputt macht. Habe sie beruhigt und mich extra breit gemacht, damit sie in meinem Windschatten vor dem fiesen Wetter geschützt ist.

8. Mai

So langsam ist aber mal gut mit dem Schietwetter! Es regnet jetzt schon eine Woche am Stück. So romantisch kann man gar nicht sein, um das noch schön zu finden! Bin schon so richtig durchgeweicht. Lucie und Fred geht es nicht besser. Was beneide ich die Touristen, die jetzt in dem schönen Café auf der Strandstraße sitzen, eine heiße Schokolade schlürfen und ein leckeres Stück Torte essen können. Kalle ist auch schon seit Tagen nicht mehr da gewesen. Ob er seinen Glühweinstand vom Winter reaktiviert hat? Bei den Temperaturen wäre ihm starke Nachfrage auf jeden Fall sicher.

9. Mai

Na bitte, es geht doch! Petrus hat seine Schleusen geschlossen, und schon habe ich wieder Besuch: eine Mutter mit ihrer kleinen Tochter. Sie malen gemeinsam, spielen Beachball und freuen sich über Sonne und Meer. Mit Schwimmflügeln ausgestattet düst die Kleine in Richtung Wasser und kreischt vor Begeisterung, als die erste Welle ihre Füßchen erreicht. Genieße mit den beiden die Idylle. Im Frühling ist alles noch ein bisschen ruhiger. Die Menschen, die in den zahllosen Geschäften, Restaurants und Bars von Westerland arbeiten, sind noch guter Dinge, und selbst Kalle bringt heute jeden Touristen persönlich zu seinem Strandkorb.

15. Juni

Jetzt ist es so weit: Die ersten Bundesländer haben Sommerferien. Für meine Kumpels und mich bedeutet das Stress pur, denn nun gibt es keine Verschnaufpause mehr (es sei denn, es regnet). Ich habe eine Familie aus Nordrhein-Westfalen abbekommen: Vater, Mutter und der dreizehnjährige Sohn. Mein Gott, sind die nervig! Er scheint einer der ganz Wichtigen zu sein oder sich zumindest dafür zu halten. Jedenfalls hat er den ganzen Tag fast ohne Unterbrechung das Handy am Ohr gehabt, um irgendwelchen Leuten Anweisungen zu erteilen. Sie hat dementsprechend miesepetrig dreingeschaut und in Modezeitschriften geblättert. Das ist an sich nicht schlimm, wären da nicht Dutzende von Parfumproben drin gewesen, die durch Öffnen ihren Duft versprüht haben. Mir ist von den vielen Aromen ganz schwummrig geworden. Dem Sohn ist es wohl ähnlich ergangen. Der Blick, den er seiner Mutter zugeworfen hat, war jedenfalls nicht von schlechten Eltern! Was war ich froh, als die über Mittag für ein paar Stunden verschwunden sind.

16. Juni
Puh, war das heiß heute! Kalle hat an seiner Tafel achtundzwanzig Grad Luft- und einundzwanzig Grad Wassertemperatur notiert. Das mutet schon fast karibisch an. Meine Lieblingsfamilie ist heute erst gegen Mittag erschienen, nachdem sie wohl gestern Abend an Deutschlands bekanntester Strandbude versackt ist. Letztere ist echt ein Phänomen. Kalle hat mal erzählt, dass man dort zu bestimmten Zeiten ein halbes Jahr im Voraus einen Tisch reservieren muss. Und das Faszinierendste daran: Es gibt Menschen, die das auch tun! Mir soll das egal sein. Der gestrige Rausch hat jedenfalls dazu geführt, dass das Telefon heute nahezu stumm und die Miefzeitschriften geschlossen blieben. So hatte ich genügend Muße, um mich um Lucie zu kümmern. Die Arme ist ganz fertig. Nachdem ihr neues Kleid in dieser Saison schon Wind und Wetter ausgesetzt war, haben heute zwei Kettenraucher zum Angriff auf ihr schönes Antlitz geblasen. Werde nie verstehen, warum Menschen am Strand rauchen. Habe Lucie gesagt, dass heute Abend ein kräftiger Wind aufziehen soll, so dass sie prima auslüften kann.

20. Juni
Nein, ich bin nicht schadenfroh. Aber heute musste ich angesichts des Missgeschicks, das meiner Lieblingsfamilie zugestoßen ist, dann doch ein wenig schmunzeln. Der Sohn

hat schon seit drei Tagen gequengelt, dass er sich unbedingt eine Portion Pommes mit Mayo vom Stand auf der Promenade holen wollte. Mutter, ein wahrer Hungerhaken, hat das wiederholt abgelehnt und auf ihn eingeredet, dass er eh viel zu dick sei. Vater, selber ganz offensichtlich kein Kostverächter, hat halbherzig versucht, seinem Sohn beizustehen – schon damit das Gequengel aufhört – und dafür böse Blicke von seiner Frau kassiert. Heute nun ist sie es wohl leid geworden und hat nachgegeben. Ich glaube, ich habe den Sohn während der gesamten Reise nie so strahlen und so schnell laufen sehen! Umso herber dann der Anblick, als er zurückkam: ohne Pommes, dafür aber mit einem übel verdreckten T-Shirt. Was war geschehen? Nun, wie viele aus leidvoller Erfahrung wissen, mögen nicht nur Touristen Eis, Crêpes oder eben Pommes mit Mayo, sondern auch die Möwen auf der Westerländer Promenade. Kaum hatte der Sohn also erfolgreich eine Portion ergattert, stürzten sich die gefiederten Freunde gleich mit einer ganzen Armada auf ihn. Am Ende lagen die Pommes auf dem Boden, die Möwen hatten ein Festmahl und hinterließen zum Dank noch ein großzügiges Geschenk auf seinem T-Shirt. Als hätte das noch nicht gereicht, durfte er sich von seiner Mutter dann auch noch vorhalten lassen, dass sie ja von Anfang an gesagt hätte, dass das mit den Pommes keine gute Idee war ...

3. Juli
So langsam fange ich an, mir ein bisschen Sorgen zu machen. Seit meine Lieblingsfamilie vor fünf Tagen abgereist ist, stehe ich leer. Und das in der Hauptsaison und bei meinem Premiumplatz an der Wasserkante! Werde ich jetzt für mein Lästern von vor zwei Wochen bestraft? Oder bin ich irgendwo schmutzig geworden und habe das noch

gar nicht gemerkt? Fühle mich wie ein Aussätziger, zumal meine Kumpels sich vor Ansturm kaum retten können. Muss morgen unbedingt mal Lucie und Fred fragen, ob sie etwas erkennen können.

4. Juli

Nichts. Tadellos, sagen die beiden. Fred würde ich zutrauen, dass er mich auf den Arm nimmt, aber Lucie ist ehrlich zu mir und hätte gesagt, wenn zum Beispiel ein nächtlich streunender Hund sich an mir verewigt hätte. Wahrscheinlich hat mich jemand für 14 Tage oder länger gemietet und war bisher trotz des schönen Wetters einfach zu behäbig, um an den Strand zu gehen. Schade nur für die Badegäste, die – auf der Suche nach einem freien Korb – von Kalle heute Morgen nur ein bedauerndes Kopfschütteln geerntet haben. Hätte ihnen am liebsten zugerufen, dass sie gerne zu mir kommen können, da ich heute bestimmt auch wieder keinen Besuch bekomme. Aber das hätte nur Ärger mit Kalle gegeben. So liegen sie jetzt ungeschützt in der prallen Sonne. Nicht mal eine Strandmuschel haben sie dabei. Hoffentlich geht das gut ...

18. Juli

Das waren vielleicht aufregende zwei Wochen! Die Gäste ohne Strandkorb haben tatsächlich einen Sonnenstich davongetragen, so dass der Notarzt kommen musste und die beiden unter großer Anteilnahme der übrigen Strandbesucher ins Inselkrankenhaus gebracht hat. Einige Tage später ist dann Sturm aufgezogen, so dass Kalle am nächsten Morgen die rote Flagge für Badeverbot hissen musste. Der Strand fällt hier zwar schön flach ab, aber die Unterströmung ist nicht zu unterschätzen. Einige Unbelehrbare wussten das natürlich wieder besser und haben

sich trotz Verbots in die Fluten gestürzt, was einen neuer-
lichen Notarzteinsatz zur Folge hatte. Habe mir das ganze
Spektakel mit meinen neuen Bewohnern angesehen – zur
Abwechslung einmal zwei Einheimische. Das kommt selten
vor, denn die genießen ihre Insel eigentlich lieber an den
einsamen Stränden im Norden. Auf jeden Fall haben die
beiden sich über interessante Inselneuigkeiten ausge-
tauscht. Habe auf diese Weise erfahren, dass es nach wie
vor zu wenig Wohnraum für Sylter gibt, ein Nahversorger
in Morsum fehlt und der Golfplatz in Hörnum immer mehr
Zulauf findet. So bleibe ich auf dem Laufenden.

31. August
So langsam neigt sich die Hauptsaison dem Ende entgegen.
Der September ist immer die Zeit derjenigen, die nicht auf
die Schulferien angewiesen sind. Die Sonne wärmt jetzt
auch noch ordentlich, brennt aber nicht mehr so erbar-
mungslos vom Himmel wie im Hochsommer, und die
Strände leeren sich deutlich. Werde in dieser Zeit meist
ein bisschen melancholisch. Die Sommer auf Deutschlands nördlichster Insel gehen einfach immer viel zu
schnell vorbei! Anfang Oktober werden die Nächte oft
schon empfindlich kühl und die Dunkelheit senkt sich
früh über den Strand. Außerdem beginnen in dieser Zeit
die gefürchteten Herbststürme, die auch in diesem Jahr
wieder einen erheblichen Teil von der Insel mit sich reißen
werden, Sand, der dann im Frühling mühsam vorgespült
werden muss. Spätestens ab November gehört die Insel
nahezu ausschließlich ihren Bewohnern und Kalle geht
in seinen verdienten Urlaub. Davon bekomme ich dann
allerdings nicht mehr viel mit, denn mit Ende der letzten
Herbstferien geht es zurück ins Winterquartier. Habe mir
für mein achtes Lebensjahr am Westerländer Hauptstrand

vorgenommen, den netten Gästen erneut einen schönen Sommerurlaub zu bereiten – und mich über die nicht so netten weniger aufzuregen! Mal sehen, ob es klappt. Für den Winter wünsche ich mir jetzt ein bisschen Ruhe. Und ein warmes Plätzchen neben Lucie ...

Fortsetzung folgt.

Die Autoren stellen sich vor

Ingeborg Backhaus
wurde in Bargteheide, Schleswig-Holstein, geboren. Nach der Ausbildung als MTA suchte sie das Abenteuer und reiste mit einem Rucksack nach Kapstadt, wo sie zehn ereignisreiche Jahre verbrachte. Anschließend globetrottete sie für ein ganzes Jahr – allein – durch 24 Länder und ließ sich dann für vierzehn Jahre in Florida nieder. Heute hat sie ihre Wurzeln im wunderbaren, sandigen Boden von Sylt geschlagen und schreibt mit Vergnügen über ihre Erlebnisse und Beobachtungen.

Wolfgang Brenneisen
Jahrgang 1941, wohnhaft in Gerlingen, studierte Germanistik, Anglistik und Philosophie und schloss mit beiden Lehramtsexamina ab. Seit 1984 veröffentlicht Brenneisen zahlreiche, meist satirische Bücher. In einigen davon hat er sich mit typisch schwäbischen Themen und Problemen auseinandergesetzt. Als Mitarbeiter renommierter deutscher Zeitungen schrieb der Autor mehrere Hundert Artikel und hat etliche Hörspiele verfasst.

Silvia Both
1963 in Bonn geboren, Lehrerin, seit 2000 Mitglied der Literaturwerkstatt Siegburg unter der Leitung des Lyrikers Arnold Leifert (1940–2012), 2002 Beteiligung an der gemeinsamen Anthologie „montags", die nächste Anthologie ist in Arbeit, 3. Platz des Schreibwettbewerbs der VHS Siegen „Liebe Orte. Fürst Johann Moritz in Siegen" (2004), weitere Veröffentlichungen von Gedichten und Kurzgeschichten in Anthologien.

Ella Daelken

wurde in einem malerischen Kurort am Rande des Teuto-
burger Waldes geboren, lebt heute in Düsseldorf. Sie
studierte Geschichte, Germanistik und Geographie in
Osnabrück und Nottingham, war danach unter anderem
als freie Journalistin tätig. Während in ihren Fachpublikati-
onen Fakten im Mittelpunkt stehen, bietet ihr das kreative
Schreiben einen Ausgleich, um ihrer Fantasie freien Lauf zu
lassen. Zurzeit arbeitet sie an einem Kriminalroman.

Walter M. Dobrow

1952 in Breloh, Lüneburger Heide geboren, lebt seit einiger
Zeit in Scharbeutz und widmet sich hier seinen Leiden-
schaften: dem Schreiben und Lesen von Büchern und
dem Komponieren, Texten und Singen von Chansons ...
fast immer mit Bezug und handelnd von der See, die ihn
inspiriert. Neben zahlreichen Kurzkrimis erschien Ende
September 2011 sein Debütroman „Schöne Schwester
Tod", ein rasanter Krimi aus der Lübecker Bucht.

Dr. Karsten Eichner

Jahrgang 1970. Journalist und Buchautor. Pressesprecher
bei einem großen Wiesbadener Unternehmen. Studium
der Geschichte, Publizistik und BWL in Mainz und Glasgow,
Promotion in Geschichte. Zahlreiche Veröffentlichungen,
darunter Krimis, Kurzgeschichten und Sachbücher. Mitglied
der Krimi-Autorenvereinigung „Syndikat".

Esther Engelen

1984 in Duisburg geboren, absolvierte sie nach dem Abitur
mehrere Praktika in Krankenhäusern, Kindertagesstätten
und bei einer freiberuflichen Hebamme. Aufgrund ihrer

Ausbildung zur Buchhändlerin zog sie 2008 nach Sylt. Mittlerweile lebt sie in Niebüll.

Thomas Erle

geboren 1952 in Schwetzingen, Abitur, Studium. Ausgedehnte Reisetätigkeit in Lateinamerika und Asien. Seit 27 Jahren Lehrer an einer Waldorfschule. Verheiratet, zwei Kinder, ein Enkel. Hobbys: Literatur, Musik (aktiv und passiv), die 20er Jahre, Stummfilme sammeln, den Schwarzwald erkunden, Vespa fahren.

Markus Fegers

1955 in Mönchengladbach geboren, arbeitet als Förderschullehrer im Kreis Viersen (NRW) mit lernschwachen und sprachauffälligen Kindern. Nebenberuflich ist er als Autor und Illustrator für einen pädagogischen Verlag in Kiel tätig und in verschiedenen musikalischen Kontexten als Saxofonist und Klarinettist aktiv. Seit einigen Jahren entstanden neben Texten für Erstleser eine Vielzahl von Kurzgeschichten, von denen einige in Wettbewerben ausgezeichnet oder in Anthologien veröffentlicht wurden.

Martin Forster

1975 geboren, aufgewachsen in Bensheim an der Hessischen Bergstraße, studierte Geisteswissenschaften in Freiburg und Medizin in Heidelberg. Sylt lernte er 2003 während eines Praktikums in der Nordseeklinik kennen. Heute arbeitet er als Hausarzt auf Sylt und lebt mit seiner Familie in Westerland.

Silvia Friedrich

wurde in Niedersachsen geboren, studierte Jura an der Freien Universität/Berlin und ist heute als freie Journalistin

in Berlin/Brandenburg tätig. Artikel-Veröffentlichungen in Zeitungen und Zeitschriften, Veröffentlichungen von Kurzgeschichten, Gedichten in verschiedenen Anthologien sowie das Kinderbuch „Sonntagskuchen mit Einstein", Papierfresserchen Verlag, 2009 und die Romanerzählung „Kurz vor Woodstock", 2011, Projekte Verlag, Halle.
www.silvia-friedrich.de

Petra Fuhrmann
Jahrgang 1970, lebt mit ihrem Mann, ihren Hunden und Pferden in der Nähe des Steinhuder Meeres. Gemeinsam mit einer Kollegin führt sie die Schreib- und Lesewerkstatt „La Piuma", in der sie den Buchstaben das Tanzen beibringt.

Heike Heinlein
wurde 1961 in Erlangen geboren. Nach dem Studium der Sozialpädagogik absolvierte sie eine Ausbildung zur Buchhändlerin. In diesem Bereich ist sie seit über 20 Jahren tätig. Sie ist verheiratet und hat zwei Kinder.

Anke Höhl-Kayser
1962 in Wuppertal geboren, Studium der Literaturwissenschaften in den Fächern Anglistik, Skandinavistik, Amerikanistik und Germanistik. Abschluss: M.A. Tätig als freiberufliche Autorin und Lektorin. Sie lebt mit ihrem Mann und ihren zwei Kindern – nicht auf Sylt, sondern in Wuppertal, ist seit 1982 mindestens einmal im Jahr auf der Insel und bekommt zuhause bereits dann Sehnsucht, wenn nur eine Ahnung von Salzgeruch in der Luft liegt.

Ulrike Körbs
wurde 1967 in Bonn geboren, dort ist sie groß geworden und zur Schule gegangen und hat anschließend eine kauf-

männische Ausbildung bei der Post gemacht. Dort hat sie bis 1996 gearbeitet und ist dann aus gesundheitlichen Gründen nach Sylt gezogen. Hier engagiert sie sich als gerichtliche Betreuerin und ist als Koordinatorin beim Sylter Hospizverein tätig.

Christoph Koos

Der gebürtige Kieler lebt zwar seit zwölf Jahren im Rheinland. Die Liebe zu seiner alten Heimat hat ihn aber nie losgelassen. Vor drei Jahren haben sich seine Frau und er deshalb einen festen Anlaufpunkt auf Sylt geschaffen. Seine zweite Leidenschaft gehört dem Schreiben. Diese lebt der studierte Ökonom und Journalist aus – beruflich in der Kommunikation einer Bank und nun auch privat: Die Geschichte in diesem Buch ist sein Erstlingswerk.

Kajo Lang

wurde 1959 geboren und lebt in Baden-Baden. Neben seiner Tätigkeit als Dozent für Literatur arbeitet er als Journalist und Drehbuchautor. Lang hat deutsch-amerikanische Wurzeln. Bislang veröffentlichte er Romane, Kurzgeschichten, Krimis und Lyrik. www.kajolang.de

Laila Mahfouz

1973 in Stade geboren, lebt mit ihrem Mann in Hamburg. Es sind mehr als zwanzig Erzählungen und mehrere Gedichte in verschiedenen Verlagen erschienen. Sie ist Redakteurin beim „431verstaerker e-magazine" http://431verstaerker.wordpress.com, das als Blog geführt wird, und auch bei der virtuellen Zettelbox www.magicthoughtbox.com, die Magie und Zauber in unser aller Leben bringt. Die Künstlerin ist ausgebildete Sängerin und dreht mit ihrem Mann Kurzfilme. www.lailamahfouz.de

Dr. Zuzanna Maurer

wurde als tschechische Staatsbürgerin in Prag geboren. Sie hat Mathematik an der Karlsuniversität studiert. Nach dem Diplom im Jahr 1988 wanderte sie in die USA aus, wo sie in Mathematik an der Atlanta Georgia Tech Universität promoviert hat. Seit 1998 arbeitet sie als Mathematikerin in Deutschland und ist mittlerweile deutsche Staatsbürgerin.

Ana Otera

geboren 1954 in Osterode am Harz, lebt heute in Unterfranken. Sie ist Lehrerin der Primar- und Sekundarstufe 1, schreibt Kurzgeschichten und Erzählungen, von denen einige in Anthologien veröffentlicht wurden. Erschienen ist der Roman „Männer morden sanfter", Sonderpunkt Verlag, Münster, 2011, ein erotischer Roman befindet sich in der Projektphase.

Martin Rehbock

lebt und arbeitet. Nach einer Ausbildung zum Verlagsbuchhändler und einem Studium der Filmwissenschaft und Germanistik war er im Marketing eines Verlags tätig. Seit 2002 betreibt er eine Filmproduktion. Eines seiner Lieblings-Kinderbücher ist „Robbi, Tobbi und das Fliewatüüt" von Boy Lornsen, der in Keitum gelebt hat.

Jacqueline Reese

1961 in Bottrop geboren, lebt am Rande des Münsterlandes. Sie setzt sich in ihren Texten insbesondere mit der mystischen Seite der Natur und den Beziehungen der Menschen zu dieser auseinander. Die Autorin erhielt eine Reihe von Auszeichnungen und ist Mitglied im fränkischen Autorenverband. Ihre Kriminalromane „Spitzberch" und „Herrenstein" sind im Krimythos Verlag Frankfurt erschienen. www.krimythos.de.

Elisabeth Steinfeld
hat schon immer gerne geschrieben und gelesen und ist deshalb Bibliothekarin geworden. Ihre Liebe zu Sylt begann auf einer Klassenreise in der sechsten Klasse und seitdem fährt sie immer wieder gerne hin. In den letzten 15 Jahren wurden von ihr zahlreiche Artikel zur Kindererziehung und Verkehrserziehung in der Zeitschrift „mobile" veröffentlicht, vor zwei Jahren hat sie mit dem Schreiben von Kurzgeschichten begonnen.

Andrea Tillmanns
geb. 1972 in Grevenbroich, lebt nach vielen Jahren in Aachen nun im beschaulichen Oberzier (nahe Düren). Die promovierte Physikerin lehrt und forscht an der Hochschule Niederrhein in Mönchengladbach. Nach einigen Romanen und Kurzgeschichtensammlungen mit phantastischen Themen schreibt sie momentan in erster Linie Kinderbücher und Krimis. www.andreatillmanns.de

Angelika Waitschies
Angelika Waitschies wurde 1954 in Hamburg geboren und lebt in Norderstedt. Nach der Ausbildung zur Fremdsprachenkorrespondentin begann sie 1972 ihre berufliche Tätigkeit beim NDR in Hamburg, wo sie seitdem arbeitet. In den vergangenen Jahren wurden einige Kurzgeschichten von ihr in verschiedenen Anthologien veröffentlicht. Im Jahr 2014 wird unter ihrem Pseudonym Angelika Svensson ihr erster Kriminalroman im Droemer Knaur Verlag erscheinen. www.angelika-waitschies.de

Danksagung

Für die Unterstützung bei der Ausschreibung des 1. Sylter Kurzgeschichtenpreises möchten wir uns bei unseren Helfern und Unterstützern bedanken:

der Sylter Bank für das Sponsoring des Preisgeldes für den ersten Platz,

bei den Jurymitgliedern Silke von Bremen (zertifizierte Gästeführerin), Frank Deppe (gebürtiger Sylter und Autor) und Wiebke Schröder (Filialleiterin Buchhaus Voss) für das Lesen und Bewerten der Geschichten, für das sie ihre Freizeit geopfert haben,

bei Moritz Luft (Sylt Marketing GmbH) für seine vielen Anregungen und die gesponserten Shuttletickets.

Und ein besonderes Dankeschön an alle Autoren und Autorinnen, die sich an der Ausschreibung beteiligt und diese wunderbaren Geschichten geschrieben haben.

Romane

„Die Mumien von Timmendorf"
Norbert Klugmann
- Ein Jugendkrimi -

Lili findet durch einen Zufall heraus, was den herzkranken Niklas und die Tablettenmafia verbindet. Dann überschlagen sich die Ereignisse: Ihr Freund Dosto gerät in Gefahr! Um sein Leben zu retten, ruft sie die Timmendorfer Bande „Baltische Blitze", zur Hilfe, deren Anführerin sie ist. Ein Wettlauf mit der Zeit beginnt ...

ISBN 978-3-9813966-6-9, 288 Seiten, 12,50 Euro

„Der Mohr von Plön"
Jürgen Vogler
- Historischer Roman -

Sommer 1672: In der Residenzstadt Plön herrschen Misstrauen und Neid. Grund dafür ist Christian Gottlieb, ein Mohr, der durch die Gunst des Herzogs und des Grafen vom Stalljungen zum Hoftrompeter aufsteigt.

Die Geschichte basiert auf einer wahren Begebenheit. Die Grabplatte von Christian Gottlieb steht heute vor der St. Johanniskirche in Plön.

ISBN 978-3-9813966-8-3, 576 Seiten, 11,90 Euro

Bücher aus der Reihe „Kriminelle Reiseführer"

„Mörderische Ostsee"
Band 1: Lübecker Bucht
Hrsg. Dietlind Kreber
mit Kurzkrimis von Eva Almstädt,
Petra Tessendorf, Ute Haese u. a.
ISBN: 978-3-9813966-0-7
11,– Euro, 192 Seiten

„Mörderische Ostsee"
Band 2: Fehmarn – Kiel
Hrsg. Petra Tessendorf
mit Kurzkrimis von Andrea Tillmanns,
Walter M. Dobrow u. a.
ISBN: 978-3-9813966-4-5
11,90 Euro, 224 Seiten

„Krimineller Reiseführer"
Band 3: Hamburg
Hrsg. Dietlind Kreber
mit Kurzkrimis von Jürgen Ehlers,
Regula Venske, Eva Almstädt u. a.
ISBN: 978-3-9813966-5-2
12,90 Euro, 240 Seiten